Adam Soboczynski

Fabelhafte Eigenschaften

Roman

Klett-Cotta

FSC
www.fsc.org
MIX
Papier aus verantwortungsvollen Quellen
FSC® C014889

Klett-Cotta
www.klett-cotta.de

Printed in Germany
Umschlag: ANZINGER | WÜSCHNER | RASP, München
Unter Verwendung des Bildes »Beach Dog II« von Ben Schonzeit, 1990. Private Collection / Lahr & Partners for Ben Schonzeit / Bridgeman Art Library / Bridgeman Images
Gesetzt von Dörlemann Satz, Lemförde
Gedruckt und gebunden von Friedrich Pustet GmbH & Co. KG, Regensburg
ISBN 978-3-608-98030-1

Magerkeit ist nackter, unschicklicher als Fett.

Charles Baudelaire

1

Hans Weinling hatte früh begriffen, dass man alles Außerordentliche mit Selbstverständlichkeit vollbringen muss. Der Parvenü trinkt den guten Wein mit lauten Bekundungen über seine Schmackhaftigkeit, weltläufige Menschen nehmen ihn mit alltäglicher Routine zu sich und machen überhaupt wenig Aufhebens um Großartiges. Hans Weinlings Vater, aufgrund eines Erbes von erheblichem Reichtum, hatte es ihm vorgemacht. War ein Essen von Freunden oder Verwandten in einem Restaurant zu begleichen, verabschiedete er sich zumeist vorzeitig, beglich die Rechnung stillschweigend, und niemand kam je auf seine spendablen wie diskreten Gesten zu sprechen. Das hatte sich dem Sohn eingeprägt, und als schließlich ihm das Erbe zugefallen war, zog er zum Studium in die Hauptstadt, wo ihn kaum jemand kannte, vor allem kaum jemand, der von seinen Immobilien in München und seinen Aktien amerikanischer Telekommunikationsunternehmen wusste.

Hans Weinling war Künstler, und die Tatsache, dass er einer war, beschämte ihn ab und an – zu viel Geschwafel rankte sich um die Malerei, zu viel herausgestellte Euphorie, zu viel nervöse Geschäftemacherei. Und Hans Weinling wusste, dass es zu seiner Rolle unbedingt dazugehörte, wenn schon nicht einen runtergerockt-ärmlichen, so doch einen wohlgesetzt verwilderten Eindruck im Kunstmilieu zu kultivieren. Die ehemalige Fabriketage, in der er arbeitete und wohnte, zeichnete sich durch Geräumigkeit, nicht aber durch überambitionierte Sauberkeit oder durch einen allzu kreativen Gestaltungswillen aus. Die Unordnung – zwei Pinsel in einer Ecke des von Farbklecksen hier und da beschmutzten Bodens, unvollendet gebliebene Bilder an den Wänden, Kunstzeitschriften in großen, umsturzgefährdeten Stapeln – wirkte nur auf übersensible Beobachter ein klein wenig aufgesetzt. Den meisten, die ihn besuchten, schien sie der Versunkenheit beim Malen geschuldet.

Ihm war bewusst, dass es von Vorteil für einen Künstler war, wenn er gut aussah. Hans Weinling war sich bewusst, dass er jetzt, mit 38, sogar sehr gut aussah, eigentlich besser als in jüngeren Jahren (dunkelhaarig, großgewachsen, von sehniger, doch nicht schlaksiger Schlankheit, interessante Geheimratsecken, vielleicht etwas zu tief liegende Augen, aber das gehörte dazu, denn nur die leicht gebrochene Perfektion wird als anziehend empfunden). Seine Schönheit half, weil die Kunstmagazine seit einiger Zeit stark auf Personalisierung, auf Porträts und Homestorys setzten. Ein großformatiges Bild, das einen Ochsen am Strand zeigte, hatte ihn in der Kunstwelt halbwegs bekannt gemacht, und auch der etwas kuriose Umstand, dass Hans Weinling ausschließlich Tiere am Strand malte – mal kleinformatige Serien über ein bestimmtes Tier, etwa die Eichhörnchen, die im Sand in unterschiedlichen Konstellationen herumsaßen, dann wieder Großformatiges wie das Gemälde mit Hasen, die vor dunklen Gewitterwolken und stürmischem Wellengang heiter umherhopsten.

Manche Journalisten und Kunsthistoriker verwiesen etwa auf Hieronymus Bosch, andere auf den »Mönch am Meer« von Caspar David Friedrich, den Hans Weinling in seinen Bildern ironisiere, wieder andere sprachen von einer kühnen Wiederbelebung des Surrealismus. Eine hektische Journalistin hatte ihn eines Tages mit einem Fotografen in seinem Atelier aufgesucht, um eine Art Homestory zu schreiben. Hans Weinling hatte erstmals ausführlich über seine Tierbilder Auskunft gegeben, aber alle Fragen, die ins Private reichten, unbeantwortet gelassen, was, zu seinem Erstaunen, im Artikel als feine Sensibilität, als düstere Vornehmheit ausgelegt wurde. Er sei, hieß es diesmal, der Maler eines neuen Realismus, der mit allen postmodernen Lügen aufräume, mit den Trugbildern unserer Zeit. In der weinlingschen Verweigerung, den Menschen abzubilden, verwandle sich dieser zum reinen Betrachter und werde auf sich selbst zurückgeworfen. Der mehrseitige Artikel, der das Pathos nicht scheute, war abwechselnd mit seinen Bildern und Fotografien illustriert, auf denen der Künstler mit einem schwarzen, etwas unzeitgemäßen Rollkragenpullover posierte. Und bald schon erschienen auch zwei polemische Artikel, die ihn als überschätzt brandmarkten, und von diesem Zeitpunkt an wusste Hans Weinling, dass sich eine zaghafte Berühmtheit, ihn und sein Werk betreffend, entwickelt hatte.

Geld in Übermaßen macht traurig. Das hatte Hans Weinling schon als Kind bei seinem Vater registriert und später eine kleine Privattheorie dazu entwickelt: Sobald Alltagsprobleme wegfallen und die Welt nichts ist als ein Meer von Möglichkeiten, ist jeder Schritt von vornherein entwertet. Sein Vater konnte schlechterdings nicht klagen, seine Tätigkeit als Notar langweilte ihn zwar, jedoch hätte er jederzeit aufhören können. Aber gerade weil die Möglichkeiten so vielfältig waren, schien ihm jeder Ausweg, der ihn aus seiner Schwermut hätte befreien können, unendlich mühsam. Keine Geldprobleme zu haben, führte bei seinem Vater dazu, nur noch grundlegende Probleme zu haben: das Problem, dass man nur so kurz auf der Welt ist oder dass man altert, was er als obszön empfand und es auch sagte. Seine zu früh verstorbene Frau hatte derlei als Luxussorgen empfunden, was ihn noch verschlossener machte, als er es ohnehin schon war.

Sein Sohn hatte es sich in seinem Leben zur Aufgabe gemacht, das Schicksal seines Vaters nicht zu teilen. Gewiss, alles sei Pose und Schein, alles Dekadenz und letztlich belanglos, seine Malerei dürfe es nicht werden, sonst würde die Trauer seines Vaters in vollem Umfang auf ihn übergehen. Auch Hans empfand seine finanzielle Sorglosigkeit als Last, aber er durfte nicht den Fehler begehen, jeden Lebensentwurf als fahle, als beliebige Konstruktion aufzufassen.

Es gibt bessere und schlechtere Lebenslügen, und besser ist es, überhaupt eine zu haben als gar keine, sagte sich Hans Weinling. Er betrieb daher seine Kunst mit dem finstersten Ernst. Alles durfte ironisiert werden, nur sie, die Kunst, nicht.

Auf der Akademie hatte er sich für die Anatomie des menschlichen Körpers nicht interessiert. Die Aktzeichnerei, die gelehrt wurde, stieß ihn aus Gründen, die ihm unklar waren, ab. Stattdessen streifte er auf der Suche nach Motiven oft durch den abgelegenen und wenig frequentierten Tierpark im Osten der Stadt und stand eines Tages vor einem Geländer, hinter dem schmutzige chinesische Maskenschweine, die ihres faltigen Kopfes wegen so heißen, in tiefem Schlaf nebeneinandergepresst herumlagen und laut schnarchten. Sie rührten ihn wegen der Enge, in die sie sich freiwillig begeben hatten. Er fotografierte sie und übertrug sie später vom Foto auf eine große Leinwand. Hans Weinling wusste nicht mehr, wie er eigentlich auf die Idee gekommen war, aber er plazierte sie vor einem ungewohnten Hintergrund, vor einem traurigen Sparkassengebäude aus den 70er-Jahren in Duisburg – die Vorlage hatte er im Internet gefunden. Später missfiel ihm das Bild, allem Zuspruch zum Trotz, da es allzu leichtfertig zu einer sozialkritischen Interpretation einlud.

Seine Abschlussarbeit bestand aus einer Serie von Affenhänden in Öl auf Leinwand, die er »Verwandtschaft« nannte und die bei den Professoren auf große Resonanz gestoßen war, aus im weitesten Sinne politischen Gründen (das Tier als naher, diskriminierter Verwandter des Menschen, als erniedrigtes Geschöpf, das verspeist oder medizinischen Versuchen ausgesetzt wird und so weiter; zu Hans Weinlings Verwunderung hatte niemand der Experten erkannt, dass die Fingerzeige der Affen auf eines der berühmtesten Fresken der Welt verwiesen – egal). Jahre später malte er ausschließlich Tiere am Strand und zerstörte alle seine vorherigen Werke. Hans Weinling duldete fortan nichts weiter als das eine, ihm ideal scheinende Arrangement.

Seit er ein klein wenig berühmt war genoss er es, im Mittelpunkt zu stehen. Auf Vernissagen seiner eigenen Werke, aber auch auf denen befreundeter Künstler stand er zwar vorzugsweise, zumeist tief im Gespräch versunken, in wohlkalkuliertem Abseits, doch nahm er mit einiger Genugtuung zur Kenntnis, dass er bei solchen Anlässen so gut wie immer das heimliche Zentrum bildete. Er spürte die kurzen, scheinbar beiläufigen Blicke, die auf ihn fielen. Auch die von Frauen. Es behagte ihm nur nicht die kalte Erkenntnis, dass die verstohlenen Blicke erst deutlich zahlreicher geworden waren, seitdem er als eine vielversprechende Hoffnung der deutschen Malerei gehandelt wurde.

Hans Weinling hatte nichts gegen Frauen. Seine Tante Eva, eine Kunsthistorikerin, die in Augsburg in einem kurios verbauten Haus wohnte und von der er sich nicht nur oft hatte inspirieren lassen, sondern die ihm schon in frühen Jahren zur Ersatzmutter geworden war, vermutete, er interessiere sich nicht für das weibliche Geschlecht, da er ihr noch nie eine Freundin präsentiert hatte. Aber das stimmte nicht. Hans Weinling hatte lediglich die ungute Eigenart, bereits nach zwei, drei Restaurantbesuchen und den sich anschließenden Nächten den recht genauen Ablauf einer sich anbahnenden Beziehung vorauszusehen: zuerst die hektische Anziehung, das stürmische Entkleiden, das lustige Durcheinander. Dann der Zweifel, ob man denn wirklich zueinanderpasst. Die Phase nochmaliger, diesmal bemühter Anziehung, um den Zweifel zu zerstreuen. Schließlich die Marotten, die man bald nicht mehr als faszinierende Kuriosa, sondern als Ärgernisse am anderen empfindet. Der Sex, der zur Routine, dann zur Pflicht wird. Am Ende das Fremdgehen, das Türenknallen, die Heulerei. Vielleicht, sagte er sich, war er einfach noch nicht an die Richtige geraten, mit der er genau diesen Ablauf, den er sich als zwangsläufig dachte, zelebrieren wollte. Hans Weinling fragte sich ab und an, ob es ein boshafter Zug sei, über zu viel Realitätssinn zu verfügen.

Er hatte bereits von einigen Frauen gesagt bekommen, dass er tiefsinnig sei, und Hans Weinling wusste nicht, ob er sich über dieses Kompliment freuen sollte. Einerseits weil sie, als er die Liaisons langsam und auf durchaus schonende Weise abebben ließ, ihn nicht mehr als tiefsinnig, sondern als schwierig bezeichneten. Andererseits weil der vermutete Tiefsinn, wie sich Hans Weinling sagte, womöglich nur auf der schnöden Tatsache beruhte, dass er ungern über seine Malerei, vor allem ungern über seine Familie, seine Eltern und seine Tante sprach.

Aber damit tat er sich und seinen Liebhaberinnen unrecht. Denn natürlich spürten die Frauen, dass er nicht einfach wortkarg war, sondern, seinem Vater darin sehr ähnlich, an einer Traurigkeit laborierte, die einer Überfülle von Gedanken entsprang. Zwar lag Hans Weinling mit seiner Vermutung richtig, dass Tiefsinnigkeit häufig dort unterstellt wird, wo sie gar nicht vorhanden ist, und gern mit Gedankenleere verwechselt wird. Doch trieb er seinen Lebensentwurf an eine so widersprüchliche Grenze, indem er seine Malerei sozusagen per Entschluss aufs bitterste ernst nahm, obgleich er die menschliche Existenz eigentlich als ziemlich belanglos empfand, dass man mit ein wenig Großzügigkeit zu Recht von wahrer und großer Tiefsinnigkeit sprechen konnte.

Aller Gedankenfülle zum Trotz darf man sich Hans Weinling im Umgang nicht als abweisend vorstellen. Nur mit einem hohen Maß an Selbstkontrolle, hatte er sich gesagt, lasse sich das Bewusstsein allgemeiner Nichtigkeit ertragen. So beherrschte er die Kunst der Verführung, die ihm ein schöner Zeitvertreib war, nahezu in Vollendung, wenngleich sie nie in eine ernsthafte Beziehung mündete. Gerade den eher burschikosen Umgangsformen der Hauptstadt setzte er, dem Beispiel seines Vaters folgend, eine fast unzeitgemäße Höflichkeit entgegen, half Frauen aus der Jacke oder dem Mantel und hielt sich an das sehr einfache, doch seltsamerweise nicht häufig praktizierte Rezept, während der ersten Begegnungen aufmerksames Interesse am Gegenüber zu zeigen, allerhand zu erfragen und den Alltagssorgen auf die Spur zu kommen, sich selbst im Gespräch aber eher zurückzunehmen. Nickendes, verständnisvolles Zuhören ist selten, und die meisten sprechen doch allzu gerne über sich. Ihnen fällt erst spät auf, vom Gegenüber nichts in Erfahrung gebracht zu haben. Sie haben zunächst auch gar nichts vermisst. Manchmal bedauerte Hans Weinling es, die Menschen so gut zu kennen.

Während der Ausstellungseröffnung eines befreundeten Künstlers nun, der dem allerneuesten Trend folgte und wieder abstrakte Malerei schuf (vorzugsweise gelbe und rote Quader vor violettem Hintergrund), lernte er Julia kennen. Es herrschte munteres Gedränge auf der Vernissage, zwei kleine Reden wurden gehalten. Der Galerist sprach zuerst. Er trug einen auffallend schmal geschnittenen Anzug, sprach mit hoher Stimme von der *conditio humana*, die paradoxerweise, er hüstelte, erst im rein Abstrakten, in der reinen Fläche aufscheine. Er schloss seine Ansprache mit einem kleinen, fast unmerklichen Hüpfer und sagte strahlend, es müsse ein bekannter Aphorismus abgewandelt werden: Erst der unsichtbare Mensch sei der wahre Mensch! Vereinzelt wurde, der feinen Pointe wegen, gelacht, dann klatschten alle. Jetzt trat der Künstler selbst auf, ein rundlicher, auf sympathische Weise nuschelnder Mann um die 50, der einen weiten Pullover mit Rentiermotiven und eine Jeans trug. Er sagte genau zwei Sätze: Er sei überwältigt vom Erscheinen so vieler Menschen. Und: Er bedanke sich von Herzen. Dann verneigte er sich auf bescheidene Weise in den Applaus hinein.

So gut wie jeder im Raum hatte ein Glas Crémant in der Hand, den junge Frauen auf Tabletts herumreichten. Ganz gegen ihre Gewohnheit trank Julia Gräber bereits ihren dritten, obgleich sie zwischendurch auch schon zum Wein gewechselt war, aber sie hatte ihre Wohnung nach einem fürchterlichen Streit mit ihrem Freund verlassen, der um einen tags zuvor gemeinsam unternommenen und missglückten Ausflug kreiste. Sie war in einer Stimmung, die eine kleine Entgleisung rechtfertigte, ein Umstand, für den sie fast dankbar war. Sie stand mit zwei Freundinnen vor einem großformatigen, gelbschraffierten Gemälde, auf dem nichts weiter abgebildet war, als sie an der Fensterfront des Raumes Hans Weinling erblickte, der sich, so schien es jedenfalls, angeregt mit einer weithin bekannten lokalen Kulturpolitikerin unterhielt, die allerlei Fördermittel verteilte. Er war also da. Julia, die für die Kunstzeitschrift eines Versicherungsunternehmens den Internetauftritt betreute und Weinling schon zweimal erfolglos um ein kleines Interview gebeten hatte (er hatte einfach nicht geantwortet), sah, wie er der Kulturpolitikerin zum Abschied einen angedeuteten Wangenkuss gab, woraufhin diese auf ihr Handy blickte und zur Garderobe eilte. Nun stand er allein an der Fensterfront und blickte, während er am Crémant nippte, nachdenklich auf das belebte Trottoir.

Lag es am zu engen Kleid, am Alkohol oder an beidem, jedenfalls wäre sie beinahe auf dem etwas hektisch vollzogenen Weg zu Weinling gestürzt, hätte sie nicht ein schon etwas älterer Herr beherzt am Arm gegriffen und laut lachend gestützt. Sie bedankte sich kurz und reichte schon wenige Sekunden darauf, sich mitsamt ihrer Funktion in der Kunstbranche vorstellend, Weinling die Hand.

Zweimal schon, sagte sie, habe sie ihn angefragt. Ob es denn unter seiner Würde sei, zu antworten. Das Interview, er wisse schon.

Weinling blickte sie irritiert an. Wie unhöflich, dachte er. Er konnte sich an die Anfragen nicht erinnern, aber es werde schon so gewesen sein, sagte er sich. Er könne ja unmöglich jede Mail lesen.

»Vielleicht war es auch besser so«, sagte Julia.

»Was?«, sagte Weinling.

»Dass du dich nicht gemeldet hast.«

Sie duzte ihn. Er sagte nichts, lächelte aber, aus Mangel an sinnvolleren Alternativen, außerdem sah sie ja gut aus. So ein ebenmäßiges Gesicht, die Augen womöglich etwas zu klein. Hellblond. Vielleicht gefärbt.

»Versteh mich nicht falsch«, sagte Julia, »das sind großartige Werke, vor allem die Eichhörnchenserie, da ist etwas in den Bildern, die gebrochenen Augen der

Tiere, dass … Und klar, die Anspielungen auf Caspar David Friedrich. Aber …«

»Ja?«, sagte Hans Weinling, unsicher, ob es übergriffig wirken würde, wenn er sie festhielte, denn sie schwankte jetzt ein wenig.

»Nicht so gut wie Leonora Carrington!«

»Leonora Carrington«, wiederholte Hans Weinling und nickte verständnisvoll.

Julia nickte jetzt ebenfalls. »Genau«, sagte sie. Und, nach einer kleinen Pause: »Wann wollen wir uns also treffen?«

»Treffen?«, wiederholte Hans Weinling. Er nickte wieder.

Ob sie unverständlich spreche, fragte Julia. Und: was das für eine Masche sei, diese Wiederholerei. Dann reichte sie ihm, befreit auflachend, um der Frechheit nachträglich Humor unterzuschieben, ihre Visitenkarte und sagte, sie müsse jetzt nach Hause. Nächste Woche Mittwoch habe sie Zeit. Er solle jetzt bloß nicht »Mittwoch« sagen und nicken! Hans Weinling lachte auf. Und mit dem Gefühl, alles, aber auch alles richtig gemacht zu haben, verließ sie ihn mit sicheren, nur ein klein wenig wankenden Schritten Richtung Ausgang.

2

Zwei Tage vor seinem 35. Geburtstag erhielt Sebastian Warncke eine E-Mail von Julia, seiner Exfreundin, nachts und vermutlich angetrunken abgefasst. Manche Sätze führten ins Leere, andere fanden zwar ein Verb, aber nicht immer das passende. Sebastian überflog die vorwurfsvolle E-Mail ein zweites Mal, überlegte einige gefährliche Sekunden lang, sogleich zurückzuschreiben, schob das Notebook aber zur Seite und stellte sich zur Beruhigung ans Fenster. Er sah einen dicken Jungen, der mit hoher Geschwindigkeit den Fahrradweg entlangfuhr, Autos, Laster und, so frühmorgens, Passanten, wenn auch nur vereinzelt.

Sie war es doch, die ihn letztlich verlassen hatte, sagte sich Sebastian, während er sich an der Stirn kratzte, aber als Krönung musste sie sämtliche Verfehlungen ihm zuschieben. Genauer gesagt hatte sie ihn ja nicht einfach nur verlassen, dachte er, sondern sich sogleich mit diesem Künstler zusammengetan. Eine Liaison, die sich bereits während ihres eigenen Zusammenseins angebahnt hatte, da war er sicher, was aber von Julia beharrlich verneint wurde – auch darum kreisten die regelmäßigen E-Mails der Getrennten.

Sebastian überlegte, ob es nicht als Zeichen verwegener Männlichkeit gewertet werden könnte, wenn er dem Künstler in seinem Atelier auflauerte, um ihn in ein kleines, keineswegs bedrohliches Gerangel zu verwickeln. Vielleicht auch bloß in ein lautstarkes, die körperliche Aggression lediglich andeutendes Gespräch. Er kannte Julia gut genug, um zu wissen, dass sie sich zwar empört zeigen würde, aber, womöglich ohne es sich einzugestehen, doch geschmeichelt wäre. Nein, sagte sich Sebastian daraufhin, das würde er nicht tun – und diese gedankliche Wendung vollzog er nicht zum ersten Mal: Wenn sie sich geschmeichelt fühlte, wäre das Vorhaben, sie zu verletzen, gründlich missglückt. Es stand dann, wie immer, für eine Flattersekunde die Frage im Raum, ob er sie überhaupt verletzen wollte oder ihr nicht vor allem imponieren und ob es eine Möglichkeit gäbe, beide Gefühlsregungen gleichzeitig zu provozieren, doch derlei Verästelungen seiner Gedanken wurden ihm zu kompliziert, und er verbat sich weitere Überlegungen.

Er setzte sich wieder an den Schreibtisch. Sein Blick fiel jetzt auf einen Stapel Papier, ein Manuskript, das er in den vergangenen Tagen gelesen hatte. Ein Roman, abgefasst von einem Freund, genauer gesagt halb Essay, halb Roman. Keine unübliche Gattung für einen Journalisten, gar nicht so schlecht übrigens, aber ärgerlich. Der befreundete Journalist hatte Sebastian eine erste, noch vorläufige Fassung zugemailt, nicht etwa um seine Meinung einzuholen, wie ihm bald während der Lektüre klar wurde, sondern um ihn einzuweihen, um ihn auf schonende Weise vorzubereiten. Es gab in diesem Roman nämlich eine Figur, die ihm ähnelte. Sie hatte einen kleinbürgerlichen Hintergrund (wie er), war Architekt (wie er) und hatte Liebeskummer (wie er). Nüchtern besehen ein jämmerlicher Protagonist, ausgestattet mit einer Freundin, die ihn eines Künstlers wegen verließ, der ausschließlich Tiere am Strand malte: Eichhörnchen am Strand, Hunde am Strand, Giraffen am Strand. Und natürlich den Ochsen am Strand, ein Bild, das den Künstler in Kennerkreisen bekannt gemacht hatte. Er hatte überlegt, sich bei seinem Freund zu beschweren, schrieb dann jedoch nur eine knappe, das Manuskript sogar lobende E-Mail. Ein Bestseller würde es ja eh nicht werden, da war er sich sicher (zu viele und zu verworrene Kapitel, zu inhomogen das Ganze). Aber es war klar, dass eine Freundschaft zerbrochen war und sich so schnell nicht wieder kitten ließ.

Er hatte Urlaub, schon seit einer Woche. Es war Sommer, und die Frauen hatten wenig an, was ihm in seiner Beziehungstrauerstimmung zwar gleichgültig schien, aber Sebastian bemerkte es doch. Er hatte, da er zu Unruhe, zu einer hartnäckigen Stauung der Gedanken neigte, zwischenzeitlich überlegt, allein wegzufahren, individualtouristisch, um, wie es heißt, zu sich selbst zu finden. Allerdings hatte er die Erfahrung gemacht, dass er dazu wenig taugte. Allein in Lokalen zu sitzen, umringt von jungen Paaren, die von der auf sie zueilenden Routine des Alltags noch nichts ahnten, umringt von älteren Paaren, die beharrlich schwiegen, entweder weil sie halbwegs zufrieden waren und kein Aufhebens um sich machten oder, und weitaus häufiger, weil ihnen der Gesprächsstoff für immer ausgegangen war, schien ihm wenig attraktiv. Und er schätzte seine Fähigkeit, auf Reisen Kontakte zu knüpfen, realistisch genug ein, um es auf einen Versuch nicht ankommen zu lassen. Er ahnte, dass sich bei ihm Momente des Glücks nur dann einstellten, wenn seine Gesten von einem Gegenüber gespiegelt wurden.

So war er also in der Stadt geblieben, traf die wenigen, dafür engen Freunde, die sich nach der Trennung von Julia nicht mit ihr, sondern mit ihm solidarisiert hatten, trank zu viel Wein, wenngleich guten, und bemühte sich, Struktur in sein Leben zu bringen (sich in ein Café setzen, Fernsehserien schauen, baden). Und er quälte sich damit, die ihn immer wieder anfallartig heimsuchende Erkenntnis loszuwerden, Julia gegenüber viel zu verständnisvoll gewesen zu sein. Was hatte er nicht alles erduldet und ertragen, was hatte er nicht alles unternommen, um sie zufriedenzustellen?

Sie waren immer in die Bars, in die Filme, in die Konzerte gegangen, die sie vorgeschlagen hatte. Das Paar hatte die gemeinsame Wohnung ganz nach ihrem Stilempfinden eingerichtet – edel und karg. Es herrschte eine beeindruckende Leere, die weiten, hellen Flächen des Parketts brachten die wenigen Möbel effektvoll zur

Geltung. Und auch wenn das sorgsam austarierte Arrangement so gut wie allen Besuchern gefiel, Sebastian hätte sich hier und da einen Anflug von Gemütlichkeit gewünscht. Statt der Eames-Chairs aus grünem Kunststoff hätte er Holzstühle in der Wohnküche bevorzugt, das Imitat eines Le-Corbusier-Sofas hätte er gern durch eine gewöhnliche Stoffcouch ersetzt, um darin zwanglos herumlümmeln zu können. Seine Wohnung sollte doch nicht aussehen wie das Büro, in dem er arbeitete, dachte Sebastian. Aber es war vergeblich gewesen, derlei anzusprechen, ohne sich den Vorwurf schlimmster Geschmacklosigkeit einzuhandeln.

Sebastian fiel, noch immer den Stapel Papier vor Augen, ein gemeinsamer Tagesausflug ein, den das Paar vor einigen Monaten unternommen hatte. Sebastian hatte vorgeschlagen, das wenig bekannte Küchengeräte-Museum in Spandau zu besuchen – weniger, weil ihn die Rouladenklammern aus dem Ancien Régime oder die elfenbeinernen Essstäbchen aus der Ming-Dynastie interessierten, die dort ausgestellt waren, sondern weil er, an sich nicht unplausibel, hoffte, durch die etwas ungewöhnliche Tagesreise wieder eine anregende Situation der Fremdheit zu provozieren, eine Rückeroberung des von Alltagsmarotten verstellten Begehrens.

Die Fahrt hatte das Paar an einem klaren, kalten Wintertag unternommen. Die Schnee- und Eisschicht auf dem Asphalt knirschte unter den Schuhen, und natürlich war das Museum weit vom Bahnhof entfernt gelegen. Julia, die sowohl auf Kälte als auch auf Hitze zuverlässig sehr empfindlich reagierte, sagte, sobald sie aus der S-Bahn gestiegen waren, sie habe Kopfschmerzen. Und vielleicht war es das erste Mal in ihrer sechsjährigen Beziehung, dass Sebastian auf diesen Satz nicht mit einem besorgten, sondern mit einem feindseligen Blick reagierte. Ehe er sich von ihr löste und das Schritttempo erhöhte, sagte er: »Das glaube ich nicht.«

Insgeheim hatte er sich nämlich vorgenommen, zur Wiederbelebung ihrer Beziehung die routinierten Rollen, die sie seit längerer Zeit schon eingenommen hatten, zu durchbrechen. Er hatte es sich in einem hohen Maß zur Gewohnheit gemacht, die kleineren und größeren Empfindlichkeiten, die Julia dem Alltag gegenüber verspürte, durch fürsorgliche Anteilnahme abzumildern – ein im Zeitalter der allseits beförderten Gleichberechtigung unguter Zustand, wie er sich sagte, der überdies den Nachteil hatte, dass er sich kaum traute, seine eigenen Wehleidigkeiten auszukosten.

Nun irrte sich Sebastian in der Annahme, dass ein abrupter Verhaltenswandel eine Auffrischung der Anziehung hätte bewirken können. Das Zusammenleben von Paaren beruht häufig auf einem Einverständnis der Rollen, die man bereits in einem frühen Stadium einnimmt und höchstens unter Risiko in Frage stellen darf. Es war nicht nur seine kleinbürgerliche Herkunft, die Julia mit kaum verborgenem Unmut akzeptierte (seine aus dem Rheinland stammende, allenfalls mit Mühe zu unterbrechende Mutter), nicht nur seine holprige Karriere (freie

Tätigkeit, dann Festanstellung, dann wieder frei, dann wieder eine Festanstellung und so weiter), sondern auch jene einem Aufsteiger, der er war, nicht untypische Unsicherheit im Umgang mit ihresgleichen – wie oft und vergeblich hatte sie ihm gesagt, dass er immer der Frau zuerst die Hand zu geben habe, Wangenküsse bloß anzudeuten seien und so weiter. War es, dachte sie, da sie ihn mit so großer Selbstverständlichkeit mit all seinen Fehlern und Nachteilen akzeptierte, nicht plausibel, dass sie sich hier und da seiner Fürsorge erfreuen dürfte?

Julias Kopfschmerzen hatten sich, wie sie beklagte, bereits nach einer Stunde zu einer Migräne entwickelt, weshalb das Paar den schweigsamen Besuch im Küchengeräte-Museum vorzeitig beenden musste, nachdem Julia an einer Vitrine, in der mit Pflanzenmotiven verzierte Kupferkessel des preußischen Königshauses ausgestellt waren, mit den Händen ihre Schläfen bearbeitet und mehrmals gesagt hatte, sie könne nicht mehr, sie halte das nicht mehr aus. Eine Wärterin lief, da sich Julia wankend an einer Vitrine festhalten musste, herbei und fragte, ob alles in Ordnung sei. Sebastian, der ohnehin zu Scham neigte, errötete. Julia sagte nur: »Nein, nein, bloß keinen Arzt«, als sei davon die Rede gewesen. Woraufhin Sebastian seine Freundin untergehakt zum Bahnhof brachte, sie in die S-Bahn und schließlich in die gemeinsame Wohnung schob, wo sich unter einem nasskalten Küchentuch auf der Stirn bald eine leichte Besserung der Patientin einstellte.

Sebastian setzte sich in die Küche, entkorkte eine

Rotweinflasche, trank die ersten beiden Gläser in hohem Tempo aus und hatte damit die solide Basis für einen Streit gelegt, der sich weit in die Nacht hineinzog und von allerlei Vorhaltungen beider Konfliktparteien begleitet wurde, ohne dass sich am nächsten Tag der genaue Gegenstand der Auseinandersetzung rekonstruieren ließ, was zu erneuten, wenig zielführenden Auftritten beitrug. Jede Undeutlichkeit des Arguments lädt zu böswilligen Interpretationen ein.

Sebastian stand nun vom Tisch auf, durchschritt den kurzen Flur und gelangte in die noch nicht vollständig eingerichtete Küche – eigentlich, um sich einen Kaffee aufzusetzen, auf den er dann doch keine Lust hatte. Er blickte teilnahmslos auf noch unausgepackte Umzugskartons, die sich unschön in einer Ecke des Raumes stapelten, auf eine Tasse und drei leere Weingläser, die auf dem Tisch standen und von Fruchtfliegen umtanzt wurden. Durch das Fenster drang wenig Licht, die Küche war auf einen kleinen Innenhof hin ausgerichtet, die gegenüberliegende Wohnung schien zum Greifen nah. Tagsüber konnte er aber nicht erspähen, ob der Nachbar zu Hause war – ein schätzungsweise 70 Jahre alter Mann, hager von Gestalt, mit langen weißen Haaren, der unter einer Bürolampe allabendlich in seiner Küche eine nach der anderen rauchte, während er, wie es Sebastian schien, hochkonzentriert Manuskripte und Bücher sichtete und sich mit energischen Handbewegungen Notizen machte. Eines Abends – er wusste selbst nicht recht, warum – hatte ihm Sebastian freundlich zugewinkt, der Mann aber hatte ihn nur fragend angeschaut, den Kopf geschüttelt und seine Arbeit fortgesetzt.

Seine Wohnung hatte Sebastian überstürzt ausgesucht, nach einem allerletzten Streit, bei dem – vielleicht etwas allzu dramatisch – sogar Geschirr zu Bruch gegangen war. Er hatte sich schließlich mit Gesten wirren Stolzes und einem Rollkoffer von Julia verabschiedet, die keine Anstalten machte, ihn aufzuhalten, ja ihn mit einer wegwerfenden Handbewegung eher zu ermuntern schien, endlich aufzubrechen.

Er erwog abzuspülen, verschob das Vorhaben aber auf später, ging unverrichteter Dinge wieder ins Wohnzimmer, zog das Notebook an sich heran und las jetzt Julias E-Mail noch einmal aufmerksam. Sinngemäß stand darin, dass sie ihn verachte, das goldene Gefängnis, zu dem er ihre Beziehung geformt habe. Sie wisse, er bilde sich viel auf seine Sanftmut ein, die aber zu keinem Zeitpunkt selbstlos gewesen sei. Die Herausstellung seiner Freundlichkeit habe immer nur dem Zweck gedient, sie komplizierter und wehleidiger zu brandmarken, als sie eigentlich sei. Er solle, sie habe es ihm schon mehrmals geschrieben, endlich seine restlichen Bücher und seine Möbel aus der Wohnung schaffen. Im Übrigen gehe es ihr gut, zum ersten Mal seit vielen Jahren. Sie hoffe, es gehe auch ihm halbwegs okay, man müsse ja nicht für immer im Streit auseinandergegangen sein, sie verspüre keinen Groll. Er müsse sich keine Vorwürfe machen!

Nun schrieb Sebastian doch zurück, und seine E-Mail war gleichfalls nicht mehr als eine Variante von bereits häufig abgefassten. Er schrieb, er habe ihr seine Wohltaten niemals aufgelistet: all das Erleiden ihrer Launen, das Ertragen ihrer hochnäsigen Eltern, die sich zuverlässig mit ihr gegen ihn verbündet hätten, wenn sie zu Besuch gewesen seien, und so weiter. Sie habe eine Passion für Probleme, auf die er gut verzichten könne. Er freue sich, dass es ihr gut gehe. Ihm gehe es ebenfalls besser als je zuvor. Er genieße die Ruhe. Die verbliebenen Bücher könne sie behalten. Sie seien ein Andenken an die doch auch schöne Zeit. Außerdem habe sie einen schlechten Charakter.

Nachdem er die Mail an Julia abgesandt hatte, packte Sebastian mit Elan seinen Koffer, setzte sich ein letztes Mal vor den Computer, um ein mit dem Zug noch halbwegs gut erreichbares Reiseziel auszumachen, und bereits am späten Abend, ganz entgegen seiner ursprünglichen Planung, befand er sich auf dem Boulevard St. Germain in Paris, wo er die Absicht hatte, während der restlichen Urlaubstage ein wenig zu sich selbst zu finden.

3

Die Tante von Hans Weinling, die Augsburger Kunsthistorikerin Eva Hersohn verstand nicht, weshalb die meisten Männer nicht aufhören konnten zu arbeiten. Von einem ihrer früheren Kollegen, vor 40 Jahren ohne Zweifel der beste Kenner Bronzinos und Verfasser einer wuchtigen, 650 Seiten langen Studie über das weltbekannte Gemälde »Allegorie der Liebe« des italienischen Renaissancemalers, hatte sie vor kurzem, ungewöhnlich genug, auf postalischem Wege eine Einladung zu einem Kongress erhalten, den er an der Universität Hameln über »Bronzino im Geschlechterdiskurs des 19. Jahrhunderts« mitorganisierte: Er hoffe auf ihr Mitwirken, Reisekosten würden erstattet, womöglich gebe es sogar ein kleines Honorar, das hänge aber von einem Sponsor ab, der sich noch nicht abschließend erklärt habe. Eva Hersohn betrachtete ausdruckslos die winzige und unstete Unterschrift, in Klammern war hinzugesetzt worden: »Ich setze auf Dich!« Sie sagte in einer knappen E-Mail ab.

Erst vor zwei Tagen hatte sich ein ihr gut bekannter, 83-jähriger Parmigianino-Experte während eines Telefonats beklagt, die Tageszeitung, für die er seit den 60er-Jahren Kritiken über kunsthistorische Bücher abfasse, lasse ihn kaum noch schreiben. Er sprach vom allgemeinen Niedergang der intellektuellen Welt, der Dumm- und Frechheit junger Journalisten, die nicht einmal mehr wüssten, wer Parmigianino sei, geschweige denn etwas über den Stand der Parmigianino-Forschung. Aber so schnell lasse er sich nicht unterkriegen. Ob sie, Eva, nicht mit ihm zum Parmigianino-Kongress nach Bologna reisen wolle. Übernächste Woche! Bologna! Woraufhin Eva Hersohn sagte, Parmigianino sei ihrer Ansicht nach überschätzt, außerdem habe sie etwas anderes vor. Dann legte sie auf.

Ein mit ihr zu Studienzeiten befreundeter Romanist, auch schon emeritiert, war kürzlich wegen bedenklicher Erschöpfungszustände, die mit verwirrten Ansprachen vor seiner ratlosen Frau einhergingen, ins Krankenhaus eingeliefert worden. Offenbar hatte er sich an einem Buch über Flauberts *Madame Bovary* übernommen. Es sollte nun als immerhin 350-seitiges Fragment erscheinen. Ein junger Fachkollege saß unter schlimmem Zeitdruck an einem langen Nachwort, um dem Werk die Illusion von Geschlossenheit zu verleihen. Eva überlegte kurz, ob sie eine Postkarte an den Erkrankten schicken sollte, aber sie empfand einfach zu wenig Anteilnahme.

Aufhören war doch so einfach, dachte sich Eva Hersohn, die mit Anfang 60, also vor vier Jahren, noch eine kleine Einführung zu Michelangelo geschrieben, sich dann jedoch entschlossen hatte, keine weiteren Lehr- oder Buchaufträge anzunehmen und ihre Zeit damit zu verbringen, mit Freunden ins Konzert zu gehen, Städtereisen oder Wanderungen am Comer See – eine Landschaft, die sie mochte – zu unternehmen und die italienische Küche zu genießen. Das war doch ein Programm, sagte sie sich, das für mehr als ein Leben reichte. Und sie begriff nicht, worin ihre Kollegen den Reiz sahen, noch im Rentenalter mühevoll Geld für Veranstaltungen einzutreiben oder das siebte Buch zu schreiben. Man werde doch nicht besser, das sei nun mal so, und was man in 65 Jahren nicht geschafft habe aufzuschreiben, könne man auch liegenlassen, so bedeutsam könne es dann ja nicht sein.

Ihre letzte Reise hatte sie in Begleitung ihrer Freundin Helene Kerst, einer zehn Jahre jüngeren Deutschlehrerin, nach Madrid unternommen. Es war nicht so, dass sich die zwei Frauen noch etwas Neues zu sagen hatten, und hätten sie sich erst während ihrer Reise kennengelernt, sie wären sich womöglich ziemlich fremd geblieben. Aber es gibt Freundschaften, die ausschließlich auf ihrer langen Dauer beruhen und die von den Ansprüchen befreit sind, sie beständig weiterzuentwickeln.

Auf den gemeinsamen Reisen waren die Rollen klar verteilt. Helene war in Museen und Kirchen die Wissbegierige, während Eva Erklärungen abgab. Und immer wenn es ums Kulinarische ging und das Abendprogramm (zumeist Konzerte oder, eine Leidenschaft von Helene, Opernaufführungen), war ihre Freundin, deren Reiseführer mit allerhand Notizen versehen war, schon Wochen zuvor bestens vorbereitet und duldete, was sich Eva gefallen ließ, kein Abweichen vom festgelegten Ablauf.

So standen sie vor dem Escorial und blickten auf die spitz zulaufenden Türme, die streng symmetrisch angelegten Fensterreihen und Dachgiebel. Helene, eine sehr große, noch immer auffallend reizvolle Frau, trug ein rotes, knielanges Kleid, das einigermaßen spannte. Ihre dunkelbraun gefärbten Haare trug sie offen und schulterlang, und sie hätte sich jetzt ein wenig mehr Wind gewünscht, denn sie wusste, dass es Eindruck machte, wenn die Locken, als stünde sie auf dem Deck eines Schiffes, lebhaft flatterten. Eva wiederum hatte sich auf Funktionales verlegt: Sie war deutlich kleiner und schmaler, zurückhaltend geschminkt, trug eine graumelierte Kurzhaarfrisur und eine dünne Sommerjacke über der Bluse.

Die Sonne warf scharf umrissene Schatten auf den Vorplatz, es war überraschend leise. Wenngleich von hier aus das Weltreich der Spanier regiert worden war, die riesige Anlage – abseits der Ameisenpfade der Touristen, außerhalb von Madrid gelegen – suchte offenbar nur auf, wer eingehenderes Interesse an der spanischen Geschichte hatte.

Helene wusste seit langem, dass der Ort für Eva von besonderer Bedeutung war. Eva hatte ihr einmal erzählt, wie sie im Escorial einst ihren Mann, einen Augsburger Austauschstudenten, kennengelernt hatte. Wie er – vermutlich war er ihr im Museum schon lange gefolgt – sich im Bibliothekssaal an einem historischen Globus, den Eva mit ihrer Reisegruppe betrachtete, neben sie gestellt und ihr schon einige Minuten später aufgezeigt hatte, wohin man sonst noch reisen müsste, um nicht nur die Schönheit, sondern auch die Verwegenheit der Welt zu erfassen. Er war bereits wenige Jahre später auf unglücklichste Weise am Augsburger Hauptbahnhof eine Treppe hinabgestürzt und an seinen Kopfverletzungen, obgleich alle medizinischen Kunststücke der Zeit erprobt worden waren, verstorben. Alle Männer, die sie nach seinem Unfall traf, reichten, wie sich Eva sagte, nicht an ihn heran.

Es standen viele Globen herum, doch der eine, für Eva so wichtige war zu Restaurationszwecken, wie ein kleines Schild am entsprechenden Platz vermerkte, auf unbestimmte Zeit entfernt worden. Helene suchte nach Spuren von Nachdenklichkeit oder Trauer in Evas Laune an diesem Tag, aber fand sie nicht.

Auf der Rückfahrt mit dem Zug nach Madrid klingelte Evas Handy. Hans Weinling war am anderen Ende der Leitung. »So dringend?«, fragte Eva. Jetzt sagte Hans wieder etwas. Natürlich könne er vorbeischauen, das würde sie sehr freuen. Gleich nächste Woche Samstag, sagte Eva. »Alles gut?«, fragte sie noch. »Alles gut?«, fragte kurz darauf auch Helene. »Ja«, sagte Eva. Hans habe Probleme. Es müsse, sagte sie strahlend, irgendeine

Art von Beziehungsgewirr aufgetreten sein. Gewiss ein bedeutsames, er dränge sonst nie so vehement auf ein Treffen.

Helene verfolgte die karge, am Fenster vorbeifliegende Landschaft. Eva glaube wieder, jede Begehrlichkeit als Unvernunft abtun zu können, dachte sie. Die Ungerührtheit angesichts des fehlenden Globus, diese gute Laune am Telefon. Die in jeder Lebenslage herausgekehrte, unirritierbare Gelassenheit. Helene wusste, dass Evas stark auf Gegenwärtiges gerichteter Charakter nicht nur von ihr manchmal als schroff empfunden wurde. Die Entschiedenheit, mit der sie früher, in Forschungsdebatten über ein bestimmtes Werk, eine Position einnahm, selbst wenn sie falschlag. Die strengen, respekteinflößenden Gesichtszüge, die aber letztlich nichts Verhärmtes hatten, sondern von einer seltenen Gedankenschärfe herzurühren schienen. Helene ahnte, dass sie ihrer Freundin in dieser Hinsicht vielleicht etwas unterlegen war, aber sie kannte den berühmten und zweckdienlichen Gedanken, dass es ein Zeichen von Freiheit sei, Überlegenen eine besondere Zuneigung entgegenzubringen. Und womöglich war es dieses niemals in Frage gestellte Ungleichgewicht, das ihrer Freundschaft die langjährige Stabilität verlieh.

Kennengelernt hatten sich die beiden vor über 20 Jahren in München, zu einer Zeit, als Eva dort eine Gastprofessur innehatte. In einem Universitätssaal war Hannes Maria Wetzlar, ein damals bekannter, von manchen kultisch verehrter Schriftsteller, aufgetreten. Die Lesung moderierte Helenes damaliger Mann, ein Literaturwissenschaftler, der über den Dichter seine Doktorarbeit geschrieben hatte. Während der anschließenden Geselligkeit – es gab gebutterte Brezeln, Wetzlar signierte Bücher – standen Helene und Eva zufällig an einem der Stehtische, wo sich unvermittelt ein Gespräch über die Veranstaltung entspann. Beide waren sich auf heitere Weise einig, dass sie kaum ein Wort verstanden hatten.

Wetzlar, ein kleiner, alter Mann mit trüben Augen, hatte aus seinem Roman *Die heisere Wärterin* nahezu betonungslos, dafür stark nuschelnd vorgelesen, unterbrochen von fürchterlichen Hustenanfällen, zwischenzeitlich auch einem Schluckauf. Den anschließenden Fragen des Moderators, die mit fröhlicher Neugierde und mit allerlei literaturhistorischen Verweisen vorgebracht wurden, begegnete Wetzlar sehr zurückhaltend, häufig antwortete er mit einem »Vielleicht«, manchmal lediglich mit einem Nicken. Einmal schloss er gar die Augen und erstarrte für eine Weile. Das Publikum murmelte und tuschelte, der Schriftsteller erwachte, wollte nun antworten, doch kam ein ausgedehnter Hustenanfall dazwischen, und die Frage, da sich Wetzlar an sie nicht mehr erinnern konnte, musste wiederholt werden. Der Moderator war nicht zu beneiden. Der Applaus aber war, befeuert durch den harten Kern von Wetzlars Jüngerschaft, die aus allen Ecken des Landes zu ihrem Meister geströmt war, regelrecht tosend.

Am nächsten Morgen, als die Freundinnen vor ihren Kaffees im Frühstückssaal saßen, sagte Eva, sie habe das dringende Verlangen, den Vormittag lesend zu verbringen, auch fühle sie sich ein wenig müde. Ob man sich erst am Nachmittag treffen könne, fragte sie Helene, die keine Einwände hatte.

Eva zog sich auf ihr Zimmer zurück und verbrachte, ganz gegen ihre Gewohnheit, längere Zeit mit Make-up vor dem Spiegel. Eine Stunde darauf verließ sie es wieder. Im Foyer des Hotels hatte sie die unnötige Sorge, auf Helene zu stoßen, die bereits im Museo del Prado mit Kopfhörern des Audioguides und ihrem aufgeschlagenen Reiseführer vor dem berühmten Selbstbildnis Albrecht Dürers stand. Eva wiederum nahm den erstbesten Zug nach El Escorial, löste die Museumskarte und fragte schon kurz darauf die Aufseher im Bibliothekssaal, was es damit auf sich habe, dass der Globus entfernt worden sei. Aber sie erntete nur ratloses Schulterzucken. Sie wandte sich an den Museumsleiter, der vor Ort war, nämlich im weiträumigen Verwaltungsflügel der Anlage, und der sie zwei Stunden später tatsächlich empfing, nachdem sie ihren Wunsch, ihn zu sprechen, gegen eine störrische Sekretärin wortgewaltig durchgesetzt hatte.

Miguel Rubio Fernández saß hinter einem mächtigen, mit Bücherstapeln und Aktenordnern beladenen Schreibtisch und tippte mit den Zeigefingern auf ungeduldige Weise etwas in den Computer, als Eva Hersohn sich ihm gegenüber hinsetzte. Er blickte verwundert auf. »Ja, richtig«, sagte Fernández nach einer Schrecksekunde, denn er war über Evas Besuch von seiner Sekretärin informiert worden und legte mit einiger Umständlichkeit seine Lesebrille ab: »Der Globus!«

Fernández, als er bald darauf das Anliegen Evas in vollem Umfang begriff, sah wortlos aus dem Fenster, das den Blick auf einen dahinplätschernden, wuchtigen Brunnen in einem Innenhof freigab. Er musste, dachte Eva, schon die Pensionsgrenze überschritten haben. So ein zerfurchtes Gesicht, das leichte Zittern der altersfleckigen Hände, die verwirrte Nachdenklichkeit. Doch zu ihrer Überraschung fixierte er sie jetzt eigentümlich wach und konzentriert und fragte, ob sie etwas für sich behalten könne. Das Schicksal des Globus sei ihm unangenehm und wie durch ein Wunder sei von der Sache nichts an die Presse gelangt, und dabei solle es bleiben. Ob er also auf ihre Vertraulichkeit setzen könne … Gut. Sie seien ja Kollegen, er kenne natürlich ihr kleines, kluges Buch über Michelangelo. Wie gut, dass es ins Spanische übersetzt worden sei. Wie schade aber, dass diese Schlossanlage darin nur am Rande vorkomme, man hätte noch einige weitere Verbindungen zur spanischen Renaissance ziehen können … Kurzum, sagte Fernández, der Globus sei vergangenes Jahr mutwillig zerstört worden. Ein ungeheuerlicher Vorgang sei das gewesen, ein offenbar geistig verwirrter, ziemlich alter, aber kräftiger Besucher habe den Globus an seinem Fuß gepackt und ihn, wie Fernández meinte, mit orgiastischer Wut so heftig auf den Boden geschleudert, dass er zerplatzt sei. Dann sei der Besucher unter entsetzlichem Geschrei (das Weltende sei nah, er trage das Zeichen des Tieres und so weiter) weggerannt und nicht aufgegriffen worden. Vermutlich sei er motorisiert gewesen. Die Polizei sei erst nach einer halben Stunde vor Ort gewesen. Er selbst, Fernández, sei sich keiner Schuld bewusst, unangenehm sei die Angelegenheit aber doch. Der Globus lasse sich wieder rekonstruieren, allerdings sei es mühsam – Fernández verzog das Gesicht – und dauere Jahre, man sei zuversichtlich, ihn halbwegs narbenfrei wiederherrichten zu können. Er könne ihr gerne die Scherben zeigen und den Stand der Rekonstruktion: Frankreich und Spanien, immerhin, seien wieder zusammengeklebt.

Heute, fuhr er fort, gehe das aber nicht. Er kratzte sich am Hinterkopf. Heute nicht. Gleich müsse er zu einer Sitzung, es werde unter anderem über seine Nachfolge gesprochen, vielleicht sogar eine Entscheidung gefällt. Also, wenn es nach ihm ginge, sagte er, während er wieder auf den Brunnen schaute, er könnte ja noch ein paar Jahre, aber ein unanständiges Rattenrennen habe um seinen Posten begonnen, ein Wust aus Intrigen, es sei unglaublich. Erst jetzt (er fixierte Eva wieder), im Alter, sei er zu der Erkenntnis gelangt, dass der Mensch schlecht sei. Fast alle großen Erkenntnisse seien doch auf unverschämte Weise banal, nicht wahr? Egal. Nun gut: Er erwarte sie morgen Nachmittag gegen vier. Nach der Inspektion der Scherben des Globus könnten sie noch eine Kleinigkeit essen gehen, er kenne ein sehr gutes Lokal im nördlichen Zentrum der Stadt, wo er auch wohne. Ob sie gegen den Plan etwas einzuwenden habe.

»Nein«, sagte Eva Hersohn, »nein, nein«, und reichte ihm über die Bücherstapel und Dokumente hinweg die Hand.

4

Sie war froh, kein Tier zu sein. Ginge es im Leben zu wie im Film, müsste sie sich vor dem Künstler, mit dem sie jetzt zusammen war, entkleiden, sich malen oder zeichnen lassen und mit ihm schließlich empfindsamen Arthouse-Beischlaf haben. Es gefiel ihr, dass Hans in künstlerischer Hinsicht nur an Tieren Gefallen fand und keine Vermengung von Kunst und Leben, Erotik und Sex betrieb. Sie hatte diese Vermengung während Interviews mit anderen Künstlern erlebt und sehr genau registriert, dass diese lediglich zum Schein ihre Kunst ernst nahmen. In Wahrheit waren die Malerei oder die Installationen, an denen sie laborierten, ihrem Lebensgefühl untergeordnet. Sie sprachen mit doppeldeutigen Blicken über die Sinnlichkeit in der Kunst als Abstraktum und meinten überaus Handfestes. Sie sprachen von raffinierten Perspektiven und meinten doch nichts anderes als eine bestimmte verborgen gelegene Körperstelle auf einem Bild oder an einer Skulptur. Und nur wenige Stunden nach so gut wie jedem Interview, das sie für das

Internetmagazin geführt hatte, war ihr Handy, je nach Taktik oder Charakter des Künstlers, mit verzärtelten, lustigen oder aber gleich mit schlüpfrigen Nachrichten angefüllt. Nicht, dass Julia prüde gewesen wäre. Sie verachtete nur Verlogenheit, für die sie im Laufe ihrer kurzen Karriere ein Sensorium entwickelt hatte.

Hans war anders. Verschlossen. In sich gekehrt. Sie mochte es, wenn er sie dazu überredete, in einen der Zoos der Stadt zu fahren, um sich gemeinsam Tiere anzuschauen. Vor einigen Tagen erst standen sie eine Weile schweigend vor Kaiserpinguinen, die Hans, da sie, wenn auch in waghalsiger Unbeholfenheit, wie der Mensch aufrecht gehen können, eine Persiflage auf die Krone der Schöpfung nannte. Er überlegte, sie in eines seiner Strandbilder zu integrieren, doch verwarf er den Gedanken schließlich, da die Kaiserpinguine ja tatsächlich, wie er sagte, am Meer beheimatet seien und keinen interessanten Widerspruch, wie beispielsweise die herumhopsenden Hasen, zu diesem bilden könnten.

Julia mochte es, wie sich Hans für eine lange Weile in die Beobachtung der Tiere hineinversenkte, in ihre Bewegungen, ihre Sprünge, ihr Krabbeln oder in ihr schwerfälliges Atmen, wenn sie ruhten. Sie mochte es, wie er, alles um sich herum vergessend, in die Hocke ging, um sich mit einem anderen Blickwinkel exotische Vögel wie die Senegal-Furchenschnäbel oder die Ärmchen von Bonobos anzusehen. Wie er Zeichnungen anfertigte vom tiefschwarzen Fell der Kragenbären oder von ihren kurios abstehenden Ohren. Wie er dann, nach langen Minuten äußerster Konzentration, unvermittelt den Zeichenblock zuklappte, kurz lächelte und sie gemeinsam ins nahegelegene Hotel Savoy schritten, im Zimmer unter Gelächter über ihre Beine stolperten, um, ganz wie vorgesehen, sanft im Bett zu landen, in dem die Heiterkeit sogleich ernster Passion wich.

Das Hotel war anfangs als Notlösung gedacht. Seine Atelierwohnung war ein Tabu, sie wollten beide nicht, zumindest nicht so schnell, in die Rollen einer allzu typischen Künstleraffäre geraten und sich zwischen Leinwänden und symbolisch interpretierbaren Pinseln vergnügen. In Julias Wohnung wiederum spürte Hans deutlich seinen Vorgänger, es schien ihm unmöglich, in das Doppelbett zu schlüpfen, in dem dieser noch vor wenigen Wochen herumgelegen hatte. Im Bad hatte er während seines ersten Besuchs eine Rasierschaumtube erblicken müssen, einen Nasenhaarschneider und ein Anti-Schuppen-Shampoo. Er ärgerte sich über Julia, dass sie die Spuren ihres Exfreundes nicht beseitigt hatte, befahl sich aber, nicht allzu streng zu sein.

Sie ertappte sich dabei, im Büro sinnlos vor sich hin zu lächeln. Seit sie in Hans' Leben getreten war, plagte sie kein Anzeichen von Migräne, nicht der Hauch eines Kopfschmerzes war aufgetreten. Es störte sie, dass noch Altlasten zu beseitigen waren, dass es noch Organisatorisches mit Sebastian zu erledigen gab, was mit E-Mails einhergehen würde und den üblichen Vorhaltungen. Sie war unschlüssig, wie sie damit umgehen sollte, dass sie ihm vor drei Jahren 5000 Euro geliehen und noch nicht zurückerhalten hatte. Es war heikel, derlei so kurz nach der Trennung anzusprechen, es würde kleinlich und verletzend wirken. Und auch wenn sie aus einer wohlhabenden Familie stammte – ihrem Vater gehörte in dritter Generation ein kleines, aber bedeutendes Finanzunternehmen in Frankfurt –, die Sache musste eines klaren Schnittes wegen bereinigt werden. Aber vielleicht hatte das noch Zeit.

Das Hotel hatte sich bewährt. Die zurückhaltenden Gesten des alten Concierge. Die freundliche, aber unpersönliche Art, mit der er dem Paar die Plastikkarten für ihr Zimmer aushändigte – jedes Mal so, als kehrten sie zum ersten Mal dort ein. Die schweren, abgenutzten Ledersessel gleich am Eingang, die Stehlampen mit ihrem sanften Licht, das frische Obst in der alten Silberschale am Empfang. So würde sie niemals ihre Wohnung einrichten, für ein Hotel allerdings war das nicht schlecht.

Sie mochte den routinierten Ablauf ihrer Zusammenkünfte. Immer war sie am nächsten Morgen zuerst wach, strich Hans durch das Haar, während er unter leisem Murren weiterschlief, nahm eine kalte Dusche, kehrte zurück ins Bett, küsste ihn schließlich wach, was er nach dem anfänglichen Widerstand des Halbschlafs sichtlich genoss – und befand sich eine halbe Stunde später abermals unter der Dusche, während Hans ein Frühstück aufs Zimmer bestellte. Es roch immer nach Kaffee, wenn Julia strahlend, fest umwickelt von einem großen weißen Hotelhandtuch, aus dem Badezimmer trat. Von draußen drang sanft der Straßenlärm ins Zimmer, undeutliche Gespräche und vorbeifahrende Autos waren zu hören, Klänge einer sehr fernen Welt.

Ihr gefiel der Gedanke, dass sie sich Hans selbst ausgesucht und planvoll verführt hatte. Man musste manche Männer herausfordern, vor allem die zurückhaltenden, die zur Melancholie neigenden, die wenigen, die interessant waren. Und man musste sich bei darauffolgenden Treffen beinahe gegenteilig verhalten, nämlich so, als sei man etwas aufgeregt und überfordert. Zur Kunst der Verführung gehörte es, bei dem Verführten nach der ersten Überrumpelung den Eindruck zu erwecken, er selbst sei der Regisseur einer sich anbahnenden Beziehung und nicht der Spielball fremden Begehrens.

Sie hatten sich nach ihrer ersten, noch von leichter Unklarheit beherrschten Begegnung auf der Vernissage schließlich zum Essen verabredet, zu einem »Vorgespräch« für das geplante Interview, wie sie sich ironisch hin- und hergesimst hatten. Es lag an Hans, das Lokal auszusuchen, ein französisches in Berlin-Mitte, das seine kostspielige Vortrefflichkeit durch die stadtteiltypisch herausgestellte Unverkrampftheit vernebelte. Die Kellner trugen T-Shirts und waren sehr schlank, die dünne Asiatin, die sie bediente, hatte ein Tattoo mit japanischen Logogrammen über ihrem Ausschnitt und sprach mit allen Gästen Englisch. Das Menü war auf einer großen Tafel mit filigraner Schönschrift auf Französisch angebracht. Und Hans, ganz wie es Julia vorhergesehen hatte, half ihr zwar nicht aus dem Mantel, aber er begrüßte sie, wie es sich gehörte, indem er die Wangenküsse nur andeutete, dies aber intensiv.

Wenn sie an diesen Abend zurückdachte, konnte sie unmöglich sagen, worüber sie genau gesprochen hatten – natürlich, klar, über ihr Leben, über Kunst im Allgemeinen, über Leonora Carrington, die Julia bewunderte, über die Wichtigtuerei im Kunstbetrieb, die sie beide, aber das war konventionelles Gerede, als verlogen empfanden. Dass so allerdings viele Stunden vergangen waren, deckte sich nicht mit ihren dürftigen Erinnerungen am nächsten Tag. Sie wusste noch, dass sie sehr viel erzählt hatte und dass er sehr aufmerksam gewesen war. Er hatte sich auf Stichworte beschränkt, sie hatte diese begierig aufgegriffen.

Die Aufregung, mit der sie beim Erzählen zu Werke ging, war zwar Teil ihres Inszenierungsvorhabens, um ihm zu einem souveränen Auftritt zu verhelfen, doch es lag in ihrer Unsicherheit auch Ungeplantes. Als sie von einigen Angewohnheiten ihrer Eltern erzählte, die sie als lustig empfand, verlor sie sich, während sie wie zufällig mit ihren Haaren spielte, für eine lange Zeit in einem Nebenstrang, der von den beruflichen Problemen ihres Bruders handelte. Manchmal fand das Schiffchen gar nicht mehr zurück in den Hafen und schwankte unentschieden zwischen einer Büro- und einer Urlaubsepisode. Sie verschluckte sich an den essiggetränkten Salatblättern ihrer Vorspeise und musste husten, was Hans höflicherweise überging. Sie wollten am Ende des Abends beide bezahlen, und nachdem sich Julia mit dem in so vielen Lebenslagen dienlichen und scherzhaft vorgebrachten Argument durchgesetzt hatte, sie sei eine emanzipierte Frau, musste sie feststellen, dass sie zu wenig Geld mitgenommen hatte. Hans begleitete sie zum Taxistand, und als sie sich von ihm per angedeutetem Wangenkuss verabschieden wollte, küsste sie ihn im Überschwang herzhaft auf die Wange, mit einem lauten Schmatzer – ein Kuss, den sie sich während ihrer Heimfahrt mit anschwellender Scham als vorab geplanten Schachzug zurechtdeutete.

Als sie unruhig im Bett lag, nahm sie sich vor, sehr bald die Gewalt über ihren Gefühlshaushalt wiederzugewinnen. Aber am nächsten Morgen wusste sie, dass dieses Vorhaben vergebens war und dass sie nur darunter litt, ganz schrecklich verliebt zu sein. Sie erwartete mit Unruhe eine SMS von Hans, die am späten Nachmittag tatsächlich eintraf: Er habe den Abend genossen, wolle sie wiedersehen, und zwar sofort. Ihre Strategie war aufgegangen, er hatte sich in ihrem Netz verfangen. Und sie fragte sich, jedoch nicht ernsthaft (eigentlich nur, weil sie für einen Augenblick ihre Überlegenheit auskostete), ob er auch gut genug für sie sei. Sie zwang sich, erst nach zwei Stunden zu antworten, mit einem einzigen Wort: »Ja.«

Erst nach mehreren Monaten hatte es sich Julia zur Gewohnheit gemacht, längere Zeit in der geräumigen Atelierwohnung von Hans zu verbringen. Er arbeitete selbstvergessen in einem von ihr weit entfernten Winkel des Raumes an einem Bild, aus dem sich langsam, aber sicher die Konturen von zwei Kattas mit langen, geringelten Schwänzen herausschälten. Die Lemuren hingen an einer mächtigen Palme und es schien, als blickten sie in aufgeräumter Stimmung auf das ruhende Meer. Julia saß auf der Couch und las derweil die Einträge von Freunden in ihrem sozialen Netzwerk. Ihre alte Freundin Emma, von sehr lebhafter, unvergrübelter Natur, postete mehrmals täglich aus Südamerika. Zum ersten Mal seit langer Zeit – ihr Töchterchen war nun alt genug, eine Weile bei den Großeltern zu verbringen – hatte sie mit ihrem Mann eine ausgedehnte Reise unternehmen können. Das letzte Bild zeigte Karl, der recht übergewichtig war, mit blondem Dreitagebart auf einem Hotelbalkon. Er hatte eine stark gerötete Stirn, rissige Lippen und sah unfassbar müde aus, lächelte aber. Emma hatte das Bild mit den Worten kommentiert: »Nach der Wanderung durch Llactapata«, und diese Information hatte sie mit einem Smiley versehen.

Aus einer puren Laune heraus, keineswegs weil die Neugierde sie beherrschte, rief Julia die Postings von Sebastian auf. Er war nie sehr umtriebig im Netz gewesen. Zuletzt hatte er von Paris aus etwas veröffentlicht, ziemlich verwackelte Fotos, auf denen Menschen, die sie nicht kannte, zu sehen waren, häufig eine Frau mit kurzen braunen Haaren, die allerdings so unscharf abgebildet war, dass man beim besten Willen nicht erkennen konnte, ob sie schön war.

Sebastian hatte von Paris aus bereits in zwei langen

und traurigen E-Mails, die sie unbeantwortet gelassen hatte, auf sich aufmerksam gemacht. Es schien ihr nicht ratsam, einem Impuls des Mitleids zu gehorchen. Seither hatten sie nichts mehr voneinander gehört, und Julia überlegte gerade, ihn endlich zur Begleichung seiner Schulden aufzufordern, als ihr Handy klingelte. Es war ihre Mutter, die allmählich neugierig wurde. Denn sie wusste zwar von dem neuen Glück ihrer Tochter, doch es fehlten ihr noch allerlei Details, um sich ein Bild machen zu können. Sie nahm den Anruf nicht an.

»Kannst du dein Telefon nicht auf lautlos stellen?«, rief Hans. Julia antwortete nicht. Ihre Antwort wäre womöglich leicht gereizt ausgefallen. Sie hatte sich in jüngster Zeit mehrmals dabei ertappt, dass sie Kleinigkeiten an Hans und seinen Lebensgewohnheiten störten, die aber nicht der Rede wert waren, wie sie sich sagte. Die alten Kunstzeitschriften zum Beispiel, die sich im Atelier stapelten, ohne jemals von Hans angerührt zu werden. Sie hätte sie gern weggeräumt, traute sich aber noch nicht. Es missfiel ihr seine Gewohnheit, eine Tasse Tee oder Kaffee nie ganz auszutrinken, sondern immer einen Rest übrigzulassen. Außerdem reizte sie nun manchmal seine Ernsthaftigkeit beim Malen, die sich ihrer Meinung nach doch eine Spur zu deutlich zeigte: Dieser zwischen einigen Pinselstrichen sich über Minuten hinziehende, starre Blick auf das unfertige Bild! Sie war sich nicht sicher, ob diese Regungslosigkeit, die sein Schaffen regelmäßig unterbrach, wirklich selbstvergessen war oder zu einer kalkulierten Demonstration seiner zweifellos anziehenden Tiefsinnigkeit gehörte. Stand er so verloren auch dann vor den Kattas, wenn sie nicht zu Besuch war? Sie konnte es nicht sagen, aber beiden Möglichkeiten, wenn man nur lange genug darüber nachdachte, haftete etwas Kränkendes an.

Julia ermahnte sich, es mit ihren Empfindlichkeiten nicht zu übertreiben. Wo die meisten in einem Scherz allenfalls eine Lustigkeit sahen, erkannte sie die Gehässigkeit, die ihm unterlegt war, mit größter Klarheit. Sie konnte sich über Tage wegen eines unfreundlichen Blickes einer Freundin ärgern und ihn sehr genau interpretieren: zumeist als Ausdruck schlichten Neids auf ihre wohlhabende Familie und auf die Tatsache, dass ihr einiges in die Wiege gelegt worden war, was sich andere erst mühsam im Leben erkämpfen mussten – Geld und gute Beziehungen zum Beispiel. Doch Julia verabscheute es, für Dinge verantwortlich gemacht zu werden, auf die sie keinen Einfluss hatte. Standesdünkel war Julias Meinung zufolge genauso zu verachten wie Missgunst, Letztere vielleicht noch etwas mehr als Ersterer.

Wie so viele empfindliche Menschen sah sie sich dem Vorwurf der Kleinlichkeit ausgesetzt, der Leidenschaft, mehr Probleme zu sehen, als unbedingt notwendig war. Doch litt sie dabei keineswegs an einer Wahrnehmungsstörung, eher an einer Art Überpräzision, an der Manie, die Bedeutung kleinster Regungen, ihrer eigenen eingeschlossen, mit Scharfsinn zu umkreisen. Sie bemühte sich, da ihre Empfindlichkeit die Quelle von allerlei Unzufriedenheit war, aus ihren Beobachtungen keine allzu weitreichenden Schlüsse zu ziehen. Über eine Sache konnte sie allerdings nicht hinwegsehen: Wenn sie mit Hans unter Leuten war, auf einem Galerieempfang, in einer Bar oder bei einem Abendessen, hafteten im Laufe eines solchen Abends mehr Blicke auf dem Künstler als auf ihr, der Begleitung, und wenn sie in solchen Runden jemanden kennenlernte, dann kam sie mit der neuen Bekanntschaft, wenngleich auf Umwegen, notgedrungen auf Hans und seine Tierbilder zu sprechen, seine letzte oder seine nächste Ausstellung, seine Maltechnik oder seine künstlerischen Vorbilder. Sie hatte derartige Gespräche bereits mehrmals abgebrochen, indem sie sagte, sie sei nicht die Pressesprecherin ihres Freundes.

Besonders beharrlich erwies sich eines fürchterlichen Abends in der No-Bar ein seit je mit Sebastian befreundeter Journalistenkollege, der die Grobheit, mit der sie das Gespräch über Hans abwies, als Aufforderung missverstand, sich mit ganzer Energie ihr und ihren Vorlieben zuzuwenden – Julia musste die Kopfschmerzen, die sich recht bald einstellten, zum Zwecke eines raschen Abschieds nicht vorschützen und war froh, dass sie sich Emma, die endlich von ihrer Reise zurückgekehrt war, zuwenden konnte. Per Heisig, so hieß der Journalist, schien Emma an dem Abend ebenfalls genervt zu haben, jedenfalls zog sie die Freundin mit einem verschwörerischen Augenrollen zu sich.

Julia war es nicht gewohnt, nicht im Mittelpunkt zu stehen. Mit Sebastian hatte sie einen Freund gehabt, der nur wenig Aufmerksamkeit von ihr abzog, ja der das Interesse der anderen regelrecht auf sie lenkte – ein Umstand, der zweifellos Vorzüge gehabt hatte, aber doch den Nachteil, dass sie sich für seine Ungelenkigkeit im Sozialen schämte und sich mit ihm unter Wert verkauft fühlte. Das jetzige Ungleichgewicht mochte sie allerdings ebenso wenig. Und da sowohl das eine als auch das andere wenig zufriedenstellend waren, tröstete sie sich mit der schlichten Erkenntnis, dass nichts im Leben perfekt sei.

Hans Weinling war seinerseits sensibel genug, um zu bemerken, dass sich ein erster Riss zwischen ihr und ihm abzeichnete. Aber er ahnte, dass vermutlich nichts weiter geschehen war, als dass sie in die zweite Phase des typischen Beziehungsablaufs getreten waren. Nach der stürmischen Anziehung folgt so gut wie immer der Zweifel, ob man denn wirklich zueinanderpasst. Sie würden bald in Phase drei treten, in die Phase nochmaliger, diesmal bemühter Anziehung, um den Zweifel zu zerstreuen.

5

Der emeritierte Literaturprofessor Werner Kerst, ein berühmter Experte für die deutsche Nachkriegsliteratur und Mitglied von allerlei wichtigen Gremien, liebte seine Frau, genauer gesagt die zweite von dreien, mit denen er in seinem Leben verheiratet gewesen war. Es gelang ihm nicht immer, sich ihre Gesichtszüge zu vergegenwärtigen, aber natürlich hätte er sie bereits von seiner Haustür aus errochen, ihr viel zu mächtiges Parfum.

Sie war vor beinahe vier Jahrzehnten mit einem Musiker nach Indien abgehauen, doch ahnte Kerst, dass sie wieder in München wohnte, unter dem Namen irgendeines Mannes, den sie nach ihrer Rückkehr geheiratet hatte. Dass sie damals ausgerechnet nach Indien gereist war, störte Kerst im Nachhinein sehr. Das klang so klischeehaft wie die Tatsache, dass er mehrmals geheiratet hatte, aber es war nicht mehr zu ändern. Vielleicht war er nichts weiter als ein Prototyp seiner Generation. Allein, was sollte er machen?

Natürlich wusste Werner Kerst nicht, dass seine zweite Frau in München lebte, konnte er ja nicht, er stellte es sich nur so vor. Vielleicht war sie von einer Rikscha in Neu-Delhi überrollt worden, aber das hielt er für wenig wahrscheinlich. Er hatte noch den letzten Brief von ihr aufgehoben, in dem sie von der allerneuesten Entwicklung ihrer Persönlichkeit berichtete, davon, dass sie innerlich leuchte, seitdem sie nicht mehr mit ihm zusammen sei, dass alles um sie herum Luft sei und Sonne und dass sie endlich begriffen habe, dass sie selbst eine kleine Sonne im Universum sei und so weiter. Der Brief endete völlig widersprüchlich mit der Klage, dass sie München unendlich vermisse, das Weißbier und ihre Eltern, dass es aber keinen Weg zurück gebe, nur einen ins Glück. Und Kerst wusste über all die Jahre, dass mit München nicht München gemeint war, mit dem Weißbier nicht das Weißbier und mit ihren Eltern nicht die Eltern, sondern mit alldem er allein. Seither war der Kontakt abgebrochen.

Da die Erinnerung sich häufig unserem erwünschten Selbstbild anschmiegt, verdrängte Kerst zumeist, wenn er an sie dachte, dass er es gewesen war, der sie während ihrer kurzen Ehe betrogen hatte, sobald sich die kleinste Gelegenheit dazu ergab. Vielleicht um herauszufinden, wie weit er sie reizen konnte, verbarg er sein Fremdgehen nicht. Im Gegenteil: Er sprach, halb im Ernst, von Wilhelm Reich und erklärte, dass Monogamie ungesund sei. Sie hatte, was Kerst ziemlich anziehend fand, zunächst mit lebhafter Unterwürfigkeit reagiert, um sich in einem letzten, verzweifelten Akt des Widerstands in die Arme dieses lächerlichen Musikers zu flüchten. Kerst hatte ihn wenige Tage darauf – nicht, weil er einen starken Drang danach verspürte, sondern weil es sich so gehörte – auf offener Straße angerempelt, fast geschlagen. Der Musiker, der schlaksig war, hatte es zur Enttäuschung Kersts vorgezogen, sich nicht zu wehren, sondern war mit rudernden Armbewegungen davongelaufen.

Es schien Kerst, jetzt, da er über 70 war und seine letzte Freundin, seine Physiotherapeutin, eher die Funktion einer Seelsorgerin als die einer Geliebten eingenommen hatte, dass sich seine zweite Frau wieder bedrohlich in den Vordergrund drängte, als machtvolle Nebenbuhlerin, die an dem halbwegs stabilen Alltagsgerüst, das er sich im Alter errichtet hatte, rüttelte. Weshalb, nach all den Frauen, war es ausgerechnet sie, die wieder in sein Leben trat? Kerst hatte sich eine nüchterne Erklärung zurechtgelegt: weil er sich die Lücken in seinen Erinnerungen an sie und ihr gemeinsames Leben nicht verzieh. Ihre Liebe hatte durch sein schlechtes Gedächtnis etwas Unabgeschlossenes, Unvollendetes, was sein Begehren provozierte – jetzt, da er Zeit hatte, zu viel nachzudenken.

Er mochte es nicht, dass ihm die Gegenwart missfiel, aber er war machtlos gegen seine Ressentiments. Wenn er auf Veranstaltungen jüngere Verleger, jüngere Schriftstellerinnen, jüngere Wissenschaftler traf, ließ er sich sein Unbehagen nicht anmerken – beinahe im Gegenteil. Er sprach ausschließlich von den allerneuesten Debatten, Romanen oder Essays, auch wenn er sie nur flüchtig durchgeblättert hatte, und er zeigte überhaupt eine rege Neugierde an den sogenannten Projekten seiner Gesprächspartner, obgleich sie ihn so gut wie nie überzeugten. Allerdings geschah es, wie er sich eingestehen musste, nun doch ab und an, dass seine kleine Heuchelei aufflog – zuletzt, als ihm während eines abendlichen Empfangs seines Verlags ein noch halbwegs junger, untersetzter Journalist von der Printkrise und der Digitalstrategie seiner Zeitschrift und von neuen Internetphänomenen erzählte. »Digitalstrategie, so, so«, sagte Kerst zwischen zwei Zigarettenzügen. Und nach einer kleinen Pause: Er unterhalte sich grundsätzlich nicht, aber schon gar nicht am Abend über »Vermarktungsscheiße«. So sei das nicht gemeint gewesen, sagte der Journalist und verschränkte die Arme. Doch, sagte Kerst, genau darum gehe es, er sei, er rieche es, eine Ratte des Kapitals.

Kerst hatte es lachend gesagt, als hätte er einen kleinen, besonders lustigen Scherz gemacht, aber die Wendung war zu dominant, um ins Humorvolle hinübergerettet werden zu können. Der Journalist trat einen halben Schritt zurück und blickte ihn ungläubig an, wie jemanden, von dessen Zurechnungsfähigkeit man nicht ganz überzeugt ist. Dann entschuldigte sich der Journalist, er habe Appetit, das Geschnetzelte solle ausgezeichnet sein und so weiter.

Kerst fühlte sich daraufhin einigermaßen wohl auf der Veranstaltung. Eigentlich fühlte sich Kerst überhaupt immer erst dann einigermaßen wohl, wenn er seine Anspannung, die er bei gesellschaftlichen Ereignissen zuverlässig verspürte, durch eine kleine oder größere Bösartigkeit lösen konnte. Der Gastgeber, Kersts Verleger, der eine Legende war, von mächtiger und zugleich anmutiger Statur (er gehörte zu den Männern, denen Übergewicht sehr gut stand), hatte ihn jetzt entdeckt und umarmte den Freund mit dezidiert männlicher Herzlichkeit, mit einem scherzhaften Kneifen in den Bauch und in die rechte Wange und machte alberne Kommentare über Kersts lichtes, dafür schulterlanges Haar. Die beiden hatten sich als Studenten kennengelernt und wären, wenn es denn darauf ankäme, noch unter Folter zueinander loyal.

Ein Anliegen von Kersts Generation war die Befreiung des Menschen von einer starren Kleiderordnung. Wenn er in der U-Bahn saß, erblickte Kerst ein Wirrwarr aus Bestandteilen vergangener Moden, übergroße Brillen und Röhrenjeans aus den 70ern, karierte Hosen, klobige Turnschuhe und Flanellhemden aus den 80ern, Tätowierungen, wie man sie noch in den 90ern vor allem in Justizvollzugsanstalten gekannt hatte. Kerst wusste, dass er selbst, zwar nicht im Alleingang, aber immerhin, für das Durcheinander verantwortlich war, für diese ganze Selbstverwirklichung, für die Tatsache, dass sich im Chaos der Ausdrucksmöglichkeiten jetzt alle überraschend ähnlich sahen. Neuerdings, was Kerst verwunderte, war sogar der Vollbart zurückgekehrt, ihn trugen so gut wie alle Männer unter

50. Ihm fielen, wenn ihm auf der Straße mehrere Bartträger mit ihren Umhängetaschen und Sneakers entgegenkamen, ABBA-Songs ein, die sich ärgerlicherweise sofort als Ohrwürmer festsetzten. Es war nicht zum Aushalten. Seine eigene Generation hatte der Gegenwart ihren Stempel aufgedrückt, aber ihm selbst waren die Jüngeren jetzt fern. Wie sich alle in den U-Bahn-Waggons über ihre Smartphones beugten und irgendetwas herumtippten. Kerst hegte den starken Verdacht, dass die Öffentlichkeit mittlerweile nichts anderes war als ein riesiges Großraumbüro, in dem Unnützes verrichtet wurde, dies aber mit der allergrößten Energie.

Natürlich hatte Kerst selbst ein Smartphone, aber er benutzte es nur, wenn er zu telefonieren hatte oder den Weg nicht fand und deshalb das Kartenprogramm mit der Ortungsfunktion aufrief – es war zu nützlich, um von ihm verachtet zu werden. Kerst benutzte auch Skype, um sich, was selten geschah, mit seinem Sohn Mark aus dritter Ehe zu unterhalten, der in London lebte. Er mochte ihn auf eine unreflektiert-väterliche Weise, viel hatten sie sich allerdings nicht zu sagen. Der Junge war seit je stark auf seine Mutter Helene fixiert, eine Deutschlehrerin, mit der Kerst nur das Allernotwendigste besprach (ihm war völlig unbegreiflich, wie er einst mit ihr liiert hatte sein können). Kerst hatte ihn nicht mit aufgezogen, und er verstand nicht, weshalb er dort Wirtschaftswissenschaften studieren musste, aber es war ihm eigentlich auch ziemlich egal. Helene behauptete, der Junge ähnle ihm charakterlich, mit dem kleinen Unterschied, dass ihm die Bösartigkeit abgehe. Kerst hielt diese Behauptung für strategisch. Sie schien ihm zu dem Zweck herbeiphantasiert, ihn noch stärker in die Erziehung seines Sohnes hineinzumanövrieren, was mit allerlei Absprachen einhergehen würde. Nichts liebte sie mehr, sagte sich Kerst, als Probleme zu lösen, die sie zuvor selbst kreiert hatte.

Manchmal bereitete ihm seine Arbeit doch Freude. Wenn er in der Küche saß und an der Herausgabe verschollen geglaubter Briefe von Hannes Maria Wetzlar arbeitete – einem der bedeutendsten, aber nicht mehr allzu häufig gelesenen Schriftsteller des Landes. Immerhin, dessen *Kleine Geschichte vom Straßenlärm*, gewiss nicht seine beste Erzählung, war noch Schullektüre – ein ziemlich pathetischer Text der Nachkriegszeit, der vom Entsetzen über die moderne Technik handelte, genauer gesagt vom Verbrennungsmotor, der Wetzlar, was nicht unplausibel war, als die grundlegende Metapher seiner Generation erschien. Die Briefe müssten bald ediert sein, der 100. Geburtstag des Schriftstellers näherte sich, und der Verlag erhoffte sich durch ihre Veröffentlichung eine Renaissance des Gesamtwerkes – ein Plan, der übrigens aufgehen sollte.

Nur wenn er vor Wetzlars schwer zu entziffernden Briefen an Schriftstellerkollegen und verflossene Liebschaften saß, war es Kerst möglich, die Zeit zu vergessen – ein Zustand, der ihm nahezu vollkommen schien und in dem er fünf volle Tage ausharren konnte, ohne sich selbst wunderlich zu werden. Er hatte dann sein Handy ausgeschaltet und seiner letzten Freundin immer gesagt, er sei jetzt auf einer »Reise«, eine Wendung, die für beide als Synonym für seine Einkehr stand, und sie hatte in dieser Zeit von Besuchen abgesehen. Ein einziges Mal hatte sie es gewagt, seine Arbeitsruhe zu stören, und war von Kerst mit einem abscheulichen Theater wieder aus der Wohnung gejagt worden, wofür er sich noch immer ein bisschen schämte. Er hatte sich manchmal einfach nicht im Griff. Sie hatten seither nicht mehr miteinander gesprochen, was Kerst, er wunderte sich selbst darüber, völlig egal war.

Die Einsicht, dass er zu Jähzorn neigte, half wenig, um diesen einzudämmen. Wie denn überhaupt, sagte sich Kerst, das Durchschauen von eigenen Unzulänglichkeiten ziemlich vergeblich sei. Er hatte lange genug gelebt, um zu wissen, dass zwar alle glaubten, sich ständig zu verändern, reifer und interessanter zu werden, aber doch nie aus ihrer Haut konnten, aus ihren von Zufall und Schicksalsschlägen auferlegten Eigenschaften. Kerst schien es, als sei in seiner Zeit nichts stärker ausgeprägt als der Wille zum Selbstentwurf und als sei nichts vergeblicher, als an einem solchen zu laborieren. Natürlich könnte man den Gütigen zur bösartigen Durchsetzung seiner Interessen reizen. Den Tiefsinnigen so lange ein monotones Handwerk verrichten lassen, bis er abstumpfte. Und die Gelassenen so beharrlich mit schlechten Nachrichten aufscheuchen, bis sie die Contenance verlören. Aber das waren Ausnahmen, Gewaltmaßnahmen, Extremsituationen. Kerst begriff nicht, weshalb so viele glaubten, Eigenschaften erlangen zu müssen, die sie kaum erlangen konnten. Und so wenige fanden sich mit ihrem Charakter ab, so gut oder schlecht er eben sei. Die Alten – er dachte nicht nur an die antiken Autoren, sondern auch an Moralisten wie La Bruyère – wussten noch, dass man sich allenfalls in sehr begrenztem Ausmaß von sich selbst entfernen konnte. Und wenn man es tat, wenn man die Maske eines Fremden aufsetzte und sich selbst verriet, dann um den doch hohen Preis des Lebensglücks.

Kerst jedenfalls hätte noch so viele Ratgeber zur Eindämmung seiner Reizbarkeit lesen können, es bedurfte zeitlebens bloß kleiner Provokationen, um den Zorn bei ihm hervorbrechen zu lassen, und war der jeweilige Anlass – er erschrak immer ein wenig über den Gedanken – nicht ganz egal? Gewiss, einst musste das kapitalistische System bekämpft werden, er hatte sich an die vorderste Front des Studentenprotests gestellt und als Aktivist eine gewisse, wenngleich lokal begrenzte Berühmtheit erlangt. Kersts Reden im Münchner Vorlesungssaal waren von intellektueller Eleganz gewesen, die aber jederzeit in ansteckende Wucht umschlagen konnte, wobei unklar blieb, ob er eine Weltrevolution durchsetzen wollte oder die studentische Mitbestimmung in belanglosen Uni-Gremien. Er wusste es selbst nicht, es kam ihm vor allem darauf an, die Begriffe, die umherschwirrten – Gewalt, Imperialismus, Kapitalismus, Faschismus und so weiter – so anzuordnen, dass sie die bestmögliche Wirkung entfalteten, und darin – da seine größte Liebe immer der Sprache galt – hatte er es zu einiger Meisterschaft gebracht.

Nun war all dies lange her, und der Zorn Kersts hatte den Gegenstand verloren. Er war dadurch aber nicht abgeebbt, sondern nur umgeleitet worden. Er galt nicht mehr dem bösen Staat, sondern den lächerlichen Individuen. Alles kreiste um gesundes Essen oder die liebevolle Bepflanzung von Trottoirs, um eitle Posen im Netz und belanglose Lustigkeiten. In dieser Stimmung, die man für gewöhnlich kulturpessimistisch nennt, setzte sich Kerst mit seinen Zigaretten – ein Laster, das er aufgegeben hatte zu bekämpfen – in seine Küche, um endlich wieder nichts anderes zu tun, als fünf Tage ununterbrochen an Hannes Maria Wetzlars Nachlass zu arbeiten. Der Gedanke, sich auf seine weltabgewandte Reise zu begeben, tröstete Kerst. Er begann mit der Lektüre eines Briefes des Schriftstellers, als ihn etwas irritierte. Er sah auf und erblickte den Mann, der ihm zuwinkte. Er stand hinter dem Fenster der gegenüberliegenden Wohnung, trug ein weißes T-Shirt und den epidemisch gewordenen Vollbart. Ein neuer und fröhlicher Nachbar, offenbar entschlossen, ihn kennenzulernen. Er schüttelte den Kopf, las weiter, wurde allerdings zwei Stunden später erneut aus seiner Einkehr herausgedrängt. Denn es läutete an der Wohnungstür. Kerst blieb mit einer sich augenblicklich verfinsternden Miene sitzen. Niemand auf der Welt würde ihn zwingen können aufzustehen. Niemand! Aber es läutete mit nur kurzen Unterbrechungen weiter, und es hörte nicht mehr auf.

6

Er war am ersten Tag alleine durch die Stadt gegangen und fühlte sich zu seiner Überraschung nicht unwohl. Natürlich war es nicht einfach, sich das Lebensgefühl desjenigen anzueignen, der sich in seiner Haut ungemein behaglich fühlt, um den Tag mehr oder weniger wortlos zu verbringen, aber es gelang ihm nach seiner Ankunft in Paris recht gut, den Mangel an Aufmerksamkeit, den eine Begleiterin hätte stiften können, durch gesteigerte Selbstliebe zu kompensieren. Es müsste, sagte sich Sebastian Warncke, doch gut aussehen, wie er hier am späten Nachmittag in diesem Straßencafé herumsaß, mitten im Marais, mit übergeschlagenen Beinen, sich wie gedankenverloren mit der Hand durch den Bart fahrend, versunken über seinem Tablet-Computer, was Zeitgenossenschaft anzeigte und eine angenehme Geschäftigkeit.

Sebastian trug eine hellblaue Chinohose und ein weißes Hemd – die beiden oberen Knöpfe waren geöffnet, denn es war Sommer und warm, wenngleich ziemlich bewölkt. Er blickte von seinem Tablet-Computer auf und beobachtete die Menschen, die mit Einkäufen an ihm vorbeizogen, einen älteren Herrn, der sich bei seiner Frau untergehakt hatte, zwei Mädchen, die wild gestikulierten, ein Paar, das sich verlegen küsste.

Sebastian wollte keineswegs wie ein Tourist wirken, eher wie ein Ausländer, den die Arbeit in die Stadt geführt hatte. Immerhin, sein Französisch war gut genug, um nicht von jedem Kellner verhöhnt zu werden, wenn er eine Bestellung aufgab. Er überlegte, wie er die vier Tage, die er in der Stadt verbringen wollte, sinnvoll ausfüllen könnte. Idealerweise müsste er jemanden kennenlernen, und in einer idealen Welt würde sich hier in diesem Café eine Frau neben ihn setzen, womöglich selbst eine Reisende, die nichts Dringendes vorhatte.

Es setzte sich eine Frau an seinen Nebentisch – mit einigem Aufwand, da sie zwei große Einkaufstaschen neben ihrem Stuhl so zu arrangieren versuchte, dass sie nicht umfielen, was erst nach drei Anläufen gelang. Sie war in seinem Alter, vielleicht eine Spur jünger. Sie war mit ihrem Mobiltelefon beschäftigt, verfasste offenbar eine Nachricht, legte es auf den Tisch. Immer wenn eine Antwort aufblinkte, nahm sie es wieder an sich und schrieb zurück. Zwischendurch lächelte sie. Offenbar wurde gescherzt, vielleicht geflirtet. Sie spielte an dem Perlenohrring ihres linken Ohrläppchens. Als der Kellner kam, bestellte sie eine Gazpacho und ein Wasser mit Kohlensäure.

Sie hatte dunkle, kurze Haare mit streng geschnittenem Pony und setzte sich, vielleicht da sie sich mittlerweile beobachtet glaubte, eine übergroße Sonnenbrille auf, die angesichts der Witterung etwas überflüssig wirkte. Ihr hellgrünes Kleid, das am Kragen mit Spitze versehen war und dadurch auf kokette Weise aus der Zeit gefallen schien, saß vielleicht etwas zu eng, aber gewiss mit Absicht, wie sich Sebastian sagte, der die Tatsache, dass sich tatsächlich eine Frau neben ihn gesetzt hatte, die nach landläufigen Vorstellungen ziemlich schön war, zwar nicht als Fügung des Schicksals begriff, aber doch als Gelegenheit, die es zu nutzen galt.

Es zeichnet die Öffentlichkeit aus, dass man, sobald man sie betritt, es mit Fremden zu tun hat und mit ihnen verkehrt, und zwar in einem klar umrissenen Rahmen: Dem Metzger kaufen wir ein Stück Fleisch ab und der Blumenverkäuferin Blumen, doch die zweckfreie Kontaktaufnahme ist immer ein risikoreicher Übergriff. Sebastian hingegen überlegte, ob es nicht regelrecht zwingend sei, sie anzusprechen. Er hatte nichts zu verlieren, er war in einer fremden Stadt, niemand kannte ihn. Er hatte sich vorgestellt, dass sich eine Frau neben ihn setzte, nun saß sie da. Weshalb hatte er Bedenken?

Nun, wann immer Sebastian in eine Beziehung geriet, hatte er sie nicht eigens angebahnt, sie hatte sich mehr oder weniger sozusagen von selbst ergeben. Ihm wurde jemand auf einer Party im Dämmerlicht vorgestellt oder aber er lernte jemanden an der Uni in irgendeinem Seminar kennen, wo es gar nicht zu vermeiden war, auf Frauen zu stoßen. Er zählte zu den Männern, die selbst zu einem Zeitpunkt, an dem die wechselseitige Anziehung überdeutlich wurde, noch zögerten, die Gelegenheit zu ergreifen. Er musste sehr ermuntert werden durch eindeutige Blicke, dann wagte er sich vor, und die Frauen, da sie sich seiner und ihrer Illusion nicht berauben wollten, hatten ihm immer hinterher gesagt, er sei an dem Abend, der zu Amourösem führte, sehr forsch gewesen. Sebastian war ein Mann, der verführt werden wollte, sich selbst aber als Verführer begriff.

Sie schrieb wieder eine Nachricht auf ihrem Smartphone, mit ihrer Linken, während sie mit ihrer rechten Hand das Gazpacho löffelte. Was hätte er jetzt nicht alles sagen können! Zum Beispiel den sehr schlichten Satz: »Was für ein schöner Tag!« Sie hätte lachend erwidert: »Ziemlich bewölkt«, und schon, ja, wäre man mit etwas Glück ins Gespräch geraten über die Jahreszeit und die Annehmlichkeiten eines nicht allzu heißen Sommers.

Doch Sebastian war nicht geübt darin, Frauen anzusprechen. Und da ihm überdies schien, dass angesichts allerlei Debatten über die männliche Vorherrschaft jeder Annäherungsversuch leicht als Affront gewertet werden könnte, legte er sich einen Plan zurecht, der vielleicht eine Spur komplizierter als notwendig war. Er überlegte, ob er sie höflich darum bitten könnte, auf seine Habseligkeiten zu achten, um sich auf den Weg ins Lokalinnere zur Toilette zu machen. Sobald er aufgestanden wäre, würde er wie aus Versehen, und nur ganz leicht, ihren Tisch berühren, sich aber dann derart offensiv entschuldigen, dass sie unweigerlich ins Gespräch kommen müssten.

Die Frau nickte, nachdem Sebastian sein Anliegen in halbwegs passablem Französisch vorgebracht hatte. Er stand rasch auf, machte sich auf den Weg, aber anstatt den Tisch allenfalls leicht zu streifen, hatte er, nervös, wie er war, seinen Hüften einen derartigen Schwung verliehen, dass der Teller, statt sanft zu vibrieren, mitsamt seinem Inhalt im Schoß der Begehrten landete. Ein Salz- und ein Pfefferstreuer, ein Aschenbecher fielen zu Boden. Auch das Glas Wasser, das interessanterweise nicht zerbrach und eine Weile auf dem Boden kreiste.

Die Aufregung war doch sehr groß. Sie fuhr hoch und rief in unmissverständlichem Deutsch: »Scheiße!« Der Kellner lief herbei und brachte Stoffservietten. Sebastian, der gleich drei von ihnen ergriff und sich hektisch an ihrem Kleid zu schaffen machte, bekam eine Ohrfeige. Zu allem Unglück eilte zu dem Zeitpunkt größter Unordnung ein junger, auffallend gutaussehender Mann herbei. Er trug einen taillierten Anzug, hatte dichte, braune Locken und stechend blaue Augen. Offenbar war er mit der Frau verabredet gewesen, die mit den verbliebenen Stoffservietten jetzt selbst ihr Kleid säuberte und ihn, trotz der Aufregung, mit einem flüchtigen Wangenkuss begrüßte. Er redete, obgleich er die Situation zu diesem Zeitpunkt allenfalls vage begreifen konnte, in einem derart schnellen Französisch auf Sebastian ein, dass dieser kaum etwas verstand, und schubste diesen sogar, wenn auch nur kurz und leicht.

Die übrigen Gäste blickten mit einiger Neugierde auf das Geschehen, Sebastian hörte allerlei Getuschel, sogar ein kurzes Klatschen, als hätte jemand ein kleines Kunststück aufgeführt. Er entschuldigte sich wortreich auf Deutsch, Französisch und Englisch, aber man beachtete ihn nicht mehr. Mit einer ernsten Geste drückte der Kellner Sebastian nicht nur seine Rechnung, sondern auch die seines Opfers in die Hand und verlangte sofortige Bezahlung – offenbar darum besorgt, Sebastian könnte sein Missgeschick durch Zechprellerei noch abrunden.

Sebastian eilte jetzt an seinen Platz, räumte mit großer Geschwindigkeit Tablet-Computer und Notizbuch in seine Umhängetasche, streifte sich das braune Leinenjackett über und stieß im Eifer des Aufbruchs, diesmal allerdings völlig absichtslos, mit der Tasche gegen seine Kaffeetasse, die noch halbvoll war. Sie zerplatzte geräuschvoll auf dem Trottoir. Zwei alte Männer, die zu seiner Linken saßen, lachten unanständig laut auf. Er lief nun mit allen Anzeichen von Panik davon, blickte noch einmal kurz hinter sich und sah im Augenwinkel, wie ihm der Kellner, der vor den Scherben stand, mit erhobener Faust etwas hinterherrief.

Wenige Minuten später lehnte sich Sebastian, der völlig außer Atem war und sich fühlte wie ein Dieb nach der Flucht, in einem Arkadengang der Place des Vosges ans kühle Gemäuer. Er wischte sich mit dem Handrücken über die verschwitzte Stirn und wollte gerade bedeutungsvoll ein- und ausatmen, als sich eine russische

Reisegruppe mit lautem Gerede an ihm vorbeidrängte. Zwei Jungen zogen Grimassen, einer der beiden erlaubte sich einen Spaß und warf Sebastian einen zerknüllten Werbeflyer ins Gesicht. Dann liefen sie davon und setzten sich an die Spitze des Zuges.

Kaum war der Blick auf den Garten und die roten Fassaden des bekannten Platzes wieder frei, stellten sich zwei wohlbeleibte Männer mit ihren Harmonikas in Sebastians Nähe und sangen und spielten, nachdem einer von beiden eine speckige Ledermütze im Gang plaziert hatte, mit der größten Lebhaftigkeit »Guantanamera«.

Sebastian verbat sich, um seine Stimmung nicht weiter einzutrüben, jeden Gedanken, überquerte mit ernstem Gesichtsausdruck die Seine-Insel, ohne das anthrazitfarbene Häusermeer von den Brücken aus eines Blickes zu würdigen, durchquerte wie ferngesteuert den Jardin du Luxembourg, gelangte zum Boulevard Raspail und schließlich zur großen Kreuzung am Boulevard du Montparnasse, wo er sich an einem der Tische vor dem berühmten Café »La Rotonde« eine Flasche Chablis bestellte, denn es dämmerte bereits und nicht nur dieser Umstand schien ihm dafür Legitimation genug.

Die Passanten, die an ihm vorbeizogen, wurden von den Leuchtreklamen und Straßenlaternen schmeichelhaft beschienen. Sebastian zog nach zwei Gläsern Wein seinen Tablet-Computer aus der Umhängetasche und schrieb eine E-Mail an Julia: Er habe sie nicht verletzen wollen, er selbst sei verletzt worden, weshalb er sie verletzt habe. Er sei in Paris, der vielleicht, Haussmann hin oder her, schönsten Stadt der Welt, und immer sehne er sich nur nach ihr. Dass sie hier, in Paris, nie gemeinsam gewesen seien, könne er nicht glauben, aber er wisse, wären sie es gewesen, sie wären jetzt nicht getrennt. Er sei nichts Besonderes, klar, doch besser als die meisten, und noch sei nicht alles zu spät, wenn er sich nicht täusche. Das Leben sei lang, sagten manche, ihm erscheine es sehr kurz, wenn er an all die verpassten Gelegenheiten denke und an all die Blicke, die ins Nichts führten. Die Sterne, wenn er hinaufschaue, seien klar und deutlich, und so unklar sei die Bestimmung des Menschen, dass man sich jemanden wünsche, der einem die Seltsamkeit der Welt erträglich mache, und so weiter.

Die E-Mail schien Sebastian gelungen, gewiss, ein bisschen pathetisch, aber auf so vielfältige Weise unklar, sie würde ihre Wirkung nicht verfehlen. Just in dem Moment, als er sie abgesandt hatte, wurde er angesprochen. Eine Frau hatte sich zwischenzeitlich an seinen Nebentisch gesetzt und sagte, während sie wie versunken in der Speisekarte blätterte: »Entschuldige, dass ich dich geohrfeigt habe.«

Sebastian glaubte, sich verhört zu haben. Zeigte der Alkohol jetzt schon eine so große Wirkung? Gab es einen anderen Grund, der Wirklichkeit, wie sie sich ihm darstellte, zu misstrauen? Nun, im weitesten Sinne gewiss, aber es war tatsächlich die Frau, der er am Nachmittag begegnet war. Sie reichte ihm die Hand und stellte sich als Charlotte vor. Sebastian ergriff sie sehr vorsichtig, denn er hatte die nicht unberechtigte Sorge, ein drittes Mal an diesem Tag etwas umzuwerfen. War sie es wirklich? Er zweifelte ein wenig, ihre Augen schienen ihm jetzt größer, andererseits hatte sie am Nachmittag ja auch eine Sonnenbrille getragen. Außerdem irritierte Sebastian, dass sie dasselbe Kleid trug, nur rot statt grün, aber mit der gleichen filigranen Spitze am Kragen.

Nun musste etwas Geistreiches gesagt werden und Sebastian sagte: »Wie kann ich das wiedergutmachen?« Sie sagte, das sei nicht nötig, sie habe heute einen freien Tag, da dürfe alles passieren, außerdem sei es lustig gewesen. Aber er könne natürlich noch einmal die Rechnung übernehmen, obgleich die teuer würde, da gleich zwei Freundinnen vorbeikämen. Dann dürfe er sich auch, sagte sie, und Sebastian wusste nicht recht, ob es kokett gemeint war, an ihren Tisch setzen.

Charlotte war über den Zufall selbst einigermaßen überrascht, in der »Rotonde« ausgerechnet auf den Mann zu treffen, der ihr vor wenigen Stunden diesen Schrecken eingejagt hatte. Sie arbeitete im 15. Arrondissement in einem Großraumbüro, das sich mehrere Freiberufler teilten, darunter ihre besagten Freundinnen, und übersetzte für Anwaltskanzleien recht undurchsichtige Schriftstücke, aber auch populäre Sachbücher, aus dem Spanischen und Französischen ins Deutsche und umgekehrt, manchmal sogar aus dem Spanischen ins Französische und umgekehrt. Sie war vor sechs Jahren eines Franzosen wegen, den sie in Hannover auf einer Übersetzertagung kennengelernt hatte, nach Paris gezogen. Auf dem Landgut seiner Eltern in der Nähe von Limoges hatten sie geheiratet, wobei die Schwiegerväter mit altertümlichen, ziemlich zotigen Späßen und Gesängen zur Feier maßgeblich beigetragen hatten. Die Ehe erwies sich recht bald als ungute Idee, da ihr Mann schon wenige Monate danach befand, dass seine Erfahrung, was Frauen anging, noch bei weitem nicht ausreichend war. Wie Charlotte zu ihrer zusätzlichen Erschütterung feststellen musste, hatte ihr Mann nicht im Traum damit gerechnet, dass seine Umtriebigkeit besonders ungewöhnlich oder gar der Nachforschung wert sei. Er hatte angenommen, dass Untreue, wenn überhaupt, nur dann zum Problem werden könne, wenn man sie ansprach. Dass es eine regelrechte Sucht danach gab, sie zu thematisieren und auszudiskutieren, statt den sanften Schleier des Schweigens über die Angelegenheit zu legen, schien ihm gegen die Natur des Menschen gerichtet, in jedem Fall gegen seine. Die gemeinsame Tochter zog nun Charlotte mit dem stolzen Gefühl, ein Opfer zu erbringen, alleine auf, natürlich zweisprachig.

Durch den kleinen Unfall hatte Charlotte das Treffen mit einem ihrer wichtigsten französischen Kunden – dem jungen Medienanwalt, der sich so beherzt zeigte, sie vor Sebastian zu schützen – stark abkürzen können. Er traf sich mit ihr längst nicht mehr, um neue Übersetzungen, die immer weiter in die Zukunft verschoben wurden, zu vereinbaren, sondern mit der unzweifelhaften Absicht, seine Ehe durch eine Geliebte zu ergänzen. Er war seit einiger Zeit so unmissverständlich geworden, dass sie zunehmend in Verlegenheit geriet.

Man konnte die ersten Stunden des Abends, den Sebastian in Gesellschaft der Frauen verbrachte, als überaus gelungen bezeichnen. Charlottes Freundinnen, eine blasse Spanierin und eine kräftige Polin, die als Übersetzerinnen für das agrarwissenschaftliche Institut der Sorbonne arbeiteten, waren an diesem Freitag in vergnügungsbereiter Wochenendstimmung. Sie zogen nach dem Abendessen in der »Rotonde«, wo die Episode über das nachmittägliche Missgeschick vor allem bei den Freundinnen für große Heiterkeit sorgte, in eine gutbesuchte Bar. Man stand im Gedränge, weshalb sich eine sozusagen natürliche Enge zwischen Charlotte und Sebastian einstellte, die von der Polin und der Spanierin mit, wie es ihm schien, aufmunternden Blicken für wünschenswert befunden wurde. Die Frauen sprachen über amüsante Übersetzungsfehler, die ihnen im Französischen unterlaufen waren, und die Fallstricke einer metaphorisch stark ins Erotische ausschlagenden Sprache, was zu einer ausgelassenen Stimmung beitrug. Sogar zu einigen etwas verwackelten Handyfotos hatte sich die kleine Gesellschaft hinreißen lassen. Sebastian gab den Architekten und erzählte einiges Interessante über die noch verbliebenen, im 19. Jahrhundert nicht beseitigten mittelalterlichen Reste der Stadt, ansonsten viel über Berlin, wo es, wie er behauptete, kaum eine Sehenswürdigkeit gab, dafür aber seit einiger Zeit viele junge Franzosen lebten.

Sebastian hatte in der Bar bereits zwei Cocktails getrunken und vorher die Flasche Chablis, aber er fühlte sich nicht sonderlich betrunken. Er befand sich in jenem wunderbar alkoholisierten Zustand, in dem Blicke und Bewegungen ungewöhnlich bedeutsam erscheinen. Er überlegte, ob er jetzt, da Charlotte wie schon am Nachmittag mit der Linken an ihrem Perlenohrring spielte, ihre rechte Hand ergreifen könne. Für einen Moment nur, um zu testen, ob er sich Hoffnung auf Weitergehendes machen könnte.

Die Gelegenheit schien günstig. Die Polin erzählte gerade von einer Debatte über den Warschauer Kulturpalast, den einst Stalin im Zentrum der Stadt errichtet hatte, und von den Erwägungen einiger prominenter Stimmen, ihn abzureißen. Die Blicke, auch da sie mit starkem Akzent sprach, waren konzentrationsbedingt auf sie gerichtet und tatsächlich wagte Sebastian, zum ersten Mal seit vielen Jahren, den ersten eindeutigen Schritt und faltete seine Finger in Charlottes. Zu seiner Überraschung und Genugtuung wurde er nicht abgewiesen, jedenfalls nicht sofort. Sie löste sich erst nach einer halben Minute von ihm.

Sebastian zahlte auch die Rechnung in der Bar, ohne dass es bemerkt wurde, da das Gedränge am Tresen groß war, und ging, während die Freundinnen dachten, er habe sich lediglich auf den Weg zur Toilette gemacht, nach draußen. Es war noch halbwegs mild, jetzt waren nur mehr wenige Passanten unterwegs, er atmete tief ein und aus. Als er sein kleines Hotel erreichte, musste er mehrmals beharrlich klingeln, bis ihm der junge Nachtportier, den er offenkundig aus tiefstem Schlaf gerissen hatte, mit einem übellaunigen Gesicht die Tür öffnete und ihm wortlos die Chipkarte für sein Zimmer überreichte.

Sebastian legte die Karte an den Sensor der Zimmertür, mit einem Surren öffnete sie sich. Er hatte übersehen, dass ein kleines Schild eine Stufe ankündigte, jedenfalls stolperte er und landete sanft auf einem weichen Teppichboden. Hinter ihm fiel die Tür ins Schloss. Er blieb für einen Moment liegen und betrachtete die dichten Staubflocken unter dem Bett. Leicht benommen stand er auf, ging ins Bad und sah in die roten Augen seines müden Gesichts. Er legte sich mit seinem Tablet-Computer ins Bett, überprüfte, ob ihm Julia zurückgeschrieben hatte, und da sie es nicht getan hatte, schrieb er ihr abermals, und diesmal derart schmachtend und grenzenlos versöhnungswillig, dass wir es hier nicht wiedergeben wollen. Seit ziemlich genau einer Stunde hatte er Geburtstag.

Die Freundinnen empfanden das Wegbleiben ihres Begleiters als einigermaßen befremdlich. Charlotte fragte sich, was sie denn falsch gemacht habe. Gut, sie hatte ihn abgewiesen, aber doch nur für den Moment. Sie war der festen Überzeugung, jedenfalls lag dies durchaus im Rahmen ihrer Erfahrung, dass ein Mann über so viel

Stolz verfügen sollte, nicht gleich aufzugeben, sondern den sanften Widerstand als Ansporn zu begreifen. Sie hatte keine geringe Lust, ihn wiederzusehen, vor allem da ihr Sebastians Unsicherheit, sein schnelles Reden wie sein aufgeregtes Erröten, Verlässlichkeit anzeigte. Aber sie hatten keine Telefonnummern ausgetauscht, und es würde wohl niemals mehr zu einem Wiedersehen kommen, da schon ihr zweites Treffen einer Überreizung des Zufalls gleichgekommen war.

7

Wenige Stunden vor der Ankunft ihres Ziehsohns erinnerte sich Eva, wie er einst, im Alter von sieben Jahren, zu ihr gezogen war. Evas Bruder, der Witwer, überfordert mit der Vorstellung, seinen Sohn Hans allein großzuziehen, hatte ihn mit gekünsteltem Frohsinn vorbeigebracht und dessen zukünftiges Zimmer unter beständigem, die unglücklichen Umstände, in die man geraten war, verdrängendem Gerede eingerichtet. Der Junge war über Monate wortkarg und aß wenig. Manchmal erschrak Eva über seinen Blick, den sie selbst in ihrem Rücken verspürte, wenn sie ihm Frühstück zubereitete, über den Anflug von Dämonie, der in den dunklen, überaus wachen Augen lag. Die stärkste Gefühlsregung, die sie an ihm bemerkte, war ein spöttisches Lächeln, das sich zuverlässig zeigte, sobald sie ihm ein Geschenk machte, um ihn aufzuheitern. Schon wenige Tage nachdem sie ihm einen Jugendkrimi gekauft hatte, entdeckte sie das noch in Folie eingeschweißte Buch im Hausmüll. Einen elektrischen Globus fand sie bald im Garten. Zwei

Schnecken umrundeten ihn. Er war, wie Hans beteuerte, versehentlich aus dem Fenster gefallen. Das BMX-Rad sei nur zwei Tage nach der Anschaffung vor der Schule gestohlen worden, erzählte er eines Abends mit einem Achselzucken. Manchmal hörte sie ihn nachts durch das Haus streifen, ziellos, wie Eva glaubte. Sie zog es vor, dem nicht nachzugehen, bereute es aber schließlich, sich so leichtfertig bereit erklärt zu haben, den unheimlichen Jungen aufzunehmen.

Es war ein Dreivierteljahr vergangen, als sie eines Morgens eine Zeichnung auf dem Küchentisch entdeckte. Hans hatte sich bereits auf den Weg zur Schule gemacht und sie ihr hinterlassen. Sie zeigte sie und ihn überraschend gut getroffen vor ihrem Haus. Aus dem Kamin entwich roter Qualm, das Haus war fensterlos, beide Figuren lachten, wenn auch so überschwänglich, dass es einer Satire gleichkam. In einer Ecke des Gartens war eine faunartige Gestalt abgebildet, die vor einem Mädchen Flöte spielte. Das Motiv erinnerte Eva an ein berühmtes Bild von Jacek Malczewski. Vermutlich hatte Hans es in einem ihrer Bildbände entdeckt. Perspektivisch stimmte hier alles, auf nahezu verblüffende Weise, und sie konnte den künstlerischen Willen erkennen, das Leben symbolisch zu fassen. Von da an wusste Eva, dass sie sich aneinander gewöhnen würden.

Sie hatte, seitdem er erwachsen war, nie familiäre Ansprüche geltend gemacht. Sie fragte sich manchmal, ob diese Selbstlosigkeit angemessen war und ob die einst aufgezwungene, dann selbstgewählte Nähe, die sie zueinander empfanden, nicht wertvoller war als eine gewöhnliche Mutter-Kind-Beziehung. War das kulturelle Band nicht etwas Feineres und Freieres als der Zufall der Geburt?

Es war später Nachmittag, als Hans schließlich das Haus seiner Kindheit betrat. Er vernahm, während er seine Tante an der Türschwelle an sich drückte, sogleich den angenehm modrigen Geruch alter Bücher, sah den langen Flur mit den Regalen und die enge Treppe, die in das obere Stockwerk führte. Das Haus in der Augsburger Vorstadt war mehrmals umgebaut worden. Seit 150 Jahren hatten Architekten vergeblich Ordnung zu schaffen versucht: Das Gästezimmer war übergroß, die Küche viel zu klein. Das Esszimmer im Erdgeschoss hatte nur ein winziges Fenster, das angrenzende Wohnzimmer hingegen eine ausgedehnte Glasfront, mit der Folge, dass es im Winter nicht ausreichend beheizt werden konnte und weitgehend ungenutzt blieb. Gleich drei Abstellkammern sorgten im Flur für unnützen Stauraum. Die Bewohnerin, seitdem sie einst mit ihrem viel zu früh verstorbenen Mann hier eingezogen war, hatte den Eindruck unzweckmäßiger Enge über die Jahre noch verstärkt, indem sie die Wände mit historischen Stichen behängt und die Räume mit schweren Sesseln und dunklen Holzmöbeln ziemlich zugestellt hatte.

Sie saßen vor Saltimbocca, einem Gratin und einem pfälzischen Weißburgunder. Eva berichtete in groben Zügen von ihrer Reise, Hans erzählte von einem Fotografen, der gerade gefeiert werde, aber ziemlich überschätzt sei: Bilder nackter Frauen und Männer, die ganz bewusst nicht dem gängigen Schönheitsideal entsprächen, ein billiger Effekt und so weiter. Er habe ihr Wichtigeres zu erzählen, unterbrach Eva erwartungsfroh. »Ja«, sagte Hans, »eine schlimme Geschichte.« Sie habe ihn vollständig aus der Bahn geworfen.

Sie hatte sich vor zehn Tagen ereignet. Hans hatte, eigentlich gegen seine Intuition, dem Drängen seiner Freundin endlich nachgegeben, bei ihr zu übernachten. Julia war schon über Wochen beleidigt gewesen, weil sie sich nur im Hotel, Zoo oder in seinem Atelier treffen konnten. Für den Abend hatte sich Besuch angekündigt: Emma und Karl, die eine ausgedehnte Südamerikareise unternommen hatten und von dieser mit ausgiebigster Detailfreude berichteten, wobei selbst Delikates nicht ausgelassen wurde wie die Speisen in den Anden, die ihnen vorgesetzt worden waren (zumeist rohes Fleisch), klimatisch bedingte Verdauungsschwierigkeiten, vom Wandern verursachte hässliche Blasen und ein Sonnenstich, den Karl, der sehr kräftig war, in der Atacamawüste erlitten hatte. Ein ungleiches Paar: Während Emma, die ständig an ihren roten Locken spielte und mit lautem, den Pointen vorauseilendem Lachen von der Reise erzählte, begnügte sich Karl damit, das gerade Gesagte in verknappter Form, zumeist nur mit zwei, drei Worten einfältig lächelnd zu wiederholen.

Julia und Hans schnitten ein zumindest für sie sehr

viel aufregenderes Gesprächsthema an, nämlich sich selbst und wie sie zueinandergefunden hatten, denn die Besucher sprachen den Künstler zum ersten Mal ausführlicher und waren als Programmierer für die Pharmaindustrie kunstfern genug, um Hans' Tätigkeit, was Julia einige Genugtuung zu verschaffen schien, keine besondere Bedeutung beizumessen. Sie zeigten allerdings naives Interesse an seiner Malerei und regelrechte Begeisterung für die Tatsache, dass er an einem Werk arbeitete, auf dem Lemuren abgebildet waren, denn sie glaubten, gerade sehr viele dieser Tiere in Südamerika bewundert zu haben.

Hans hatte auf Julias Wunsch hin gekocht: indisch, da sich so am ehesten ein halbwegs schmackhaftes Gericht ohne tierische Produkte zubereiten ließ. Karl war Veganer, und seiner Doktrin hatten sich die Gastgeber mit größter Selbstverständlichkeit gefügt. Emma und Karl priesen mit Verve die Großartigkeit des Gerichts, das vor allem aus Kichererbsen und Reis bestand und dem Koch selbst am schlechtesten schmeckte, doch er ließ sich nichts anmerken.

Seitdem sich ein leiser Zweifel bei Julia geregte hatte, ob sie und Hans wirklich zusammenpassten, zeigte sie besondere Passion. Sobald das Paar verabschiedet und die Tür geschlossen war, zog sie ihn mit einiger Gewalt auf den mit Tellern und Gläsern vollgestellten Küchentisch. Das Geschirr ging nahezu vollständig zu Bruch, aber das gehörte zur erwünschten Dramatik, der sich Hans, da nicht jeder Zeitpunkt seines Lebens als zynisch betrachtet werden wollte, mit einigem Appetit hingab.

Mitten in der Nacht, es war halb drei, hörte er Schritte, vernahm ein Schlurfen. Dann ein Klirren. Jemand musste in der Küche auf die Glasscherben getreten sein.

Hans stand nahezu geräuschlos auf. Er suchte nach seiner Hose, fand sie in der Dunkelheit aber nicht und schlich daher nackt den Flur entlang. Durch den Türspalt in der Küche drang etwas Licht. Er griff nach einer leeren Weinflasche, um sich notdürftig zu bewaffnen. Hans wollte gerade die Tür aufreißen, aber da stand der Einbrecher, ein blonder, bärtiger Mann mit geweiteten Augen, schon in der Tür. Geistesgegenwärtig schlug Hans ihm die Weinflasche gegen die Stirn. Während Sebastian mit einer ungelenken Fußbewegung am Türrahmen niedersank, blickte er den Angreifer mehr ungläubig als überrascht an. In einem dünnen Rinnsal lief ihm etwas Blut das Gesicht hinab.

Julia war aufgewacht und stand jetzt mit ihrem dünnen, fast durchsichtigen Nachthemd im Flur, sagte »O mein Gott!« und presste sich die rechte Hand auf den Mund. Hans, da er in allen Situationen, in extremen besonders, um eine souveräne Haltung bemüht war, hatte sich seiner Freundin mit einem ruhigen Gesichtsausdruck zugewandt und seine rechte Hand auf beinah lässige Weise in die Hüfte gestemmt. Er verdeckte damit ein wenig die Sicht auf das Opfer und glich mit seinem durchtrainierten Körper einer antiken Statue.

Während er sich anzog, wurde Hans vorwurfsvoll

über die Identität des Gastes informiert. Nachdem das Paar Sebastian untergehakt auf einen der Eames-Chairs in die Küche befördert und ihm die kleine Wunde abgetupft hatte, blickte er recht munter umher, nannte allerdings Julia beharrlich Charlotte und sprach über Georges-Eugène Haussmann. Der habe Paris verunstaltet. Zwischendurch kicherte er.

Julia fragte, was er hier mitten in der Nacht wolle.

Hans fragte, weshalb Sebastian überhaupt noch einen Schlüssel habe.

Dieser aber antwortete: »Auch die Offenbarung des Johannes.«

»Bitte?«, sagte Julia. Auch die werde unterschätzt, sagte Sebastian.

Da der Gast auf sie einen zwar lebhaften, aber unberechenbaren Eindruck machte, überlegte das Paar, wie zu verfahren sei. Julia machte sich die größten Sorgen, Sebastian könnte ein Schädelhirntrauma erlitten haben. Er müsse sofort ins Krankenhaus. Hans, während er sich kurz an die Nase fasste, erwiderte trocken: Er habe ihn kaum getroffen. Und: Sebastian sei nur leicht verletzt, dafür völlig besoffen. Der wiederum sagte, er sei müde, stand wankend auf und humpelte dann ins Wohnzimmer, wo er sich auf das Imitat des Le-Corbusier-Sofas legte und unter leisen Schmatzgeräuschen einschlief.

Weil am nächsten Morgen Sebastians Fußgelenk stark angeschwollen war und er nicht mehr auftreten konnte, brachten ihn Julia und Hans doch ins Krankenhaus. Hans saß am Steuer des alten Volvo, den er von seinem Vater geerbt hatte. Julia weinte auf dem Beifahrersitz geräuschlos. Sie hatte die restliche Nacht keinen Schlaf gefunden und war auf eine in sich gekehrte Weise überreizt. Auf der Rückbank lag Sebastian. Vor der Notaufnahme wurde ihm von einem Pfleger ein Rollstuhl gebracht. Er wollte sich, wie bereits während des Frühstücks, noch einmal wortreich entschuldigen, aber Hans und Julia wehrten ab: Er solle anrufen, sobald er behandelt worden sei. Sie würden in den nächsten Tagen, wenn er denn überhaupt im Krankenhaus bleiben müsse, einmal vorbeischauen und so weiter.

Man muss wissen, dass Sebastian, als er am Morgen mit den entsetzlichsten Kopfschmerzen aufgewacht war, sich trotz großer Anstrengungen nicht erklären konnte, weshalb er sich in seiner alten Wohnung befand. Er hatte sich am vorhergehenden Abend mit seinem alten Freund Per Heisig in der No-Bar getroffen, das wusste er noch genau. Mit ebenjenem Journalisten, der ihn und seine Liebeswirren in einem Romanmanuskript verewigt hatte. Sebastian hatte ihm seine Kränkung nun doch vortragen wollen. Da Per Heisig allerdings die Freiheit der Kunst mit einiger Plausibilität verteidigte und Sebastian zum Widerspruch die Kraft fehlte, war die Missstimmung bald verklungen, ja beinahe fühlte sich Sebastian geschmeichelt, einem Roman oder zumindest etwas Ähnlichem als Anschauungsmaterial dienen zu können, und im Gespräch über die Abgründe der Beziehungen ihres Lebens und Schicksalsschläge im Allgemeinen hatten sie mit Bieren, Weinen und schließlich Likören ihre Versöhnung abgerundet.

Vor dem Aufbruch ins Krankenhaus hatte man noch gemeinsam gefrühstückt. Hans hatte Brötchen besorgt, aber niemand zeigte sonderlichen Appetit. Auf den Fliesen lagen, notdürftig in eine Ecke gekehrt, zerbrochene Teller und Gläser. Was musste er für ein Drama aufgeführt haben!, dachte Sebastian. Er hatte herumrandaliert, ganz offensichtlich, war beim Anblick seiner alten Küche wohl in eine üble Stimmung geraten. Er musste das Geschirr auf den Boden geschmissen haben, dann am Küchentisch hängengeblieben und mit dem Fuß umgeknickt sein … Ja, so musste es gewesen sein. Sebastian meinte, sich sogar ganz gut an die unglückliche Szene erinnern zu können. Dann entschuldigte er sich stark errötend mit einer langen Ansprache. Julia unterbrach ihn und sagte sanft, in zehn Jahren würde man darüber lachen können. Hans ergänzte, derlei komme in den besten Familien vor.

Hans hatte Eva gegenüber das eine oder andere Detail dieser Geschichte ausgelassen. Aber es kam ihm auch gar nicht so sehr auf die Details an, sondern es ging ihm um Grundsätzliches. Ihn bedrückte – anders als Julia – nicht so sehr die Frage, ob man Sebastian die wahren Umstände seiner Verletzung hätte offenbaren müssen. Hier befand er, vielleicht ein wenig spitzfindig, dass von einem Opfer nicht die Rede sein könne, wenn aus dessen Sicht das Verbrechen gar nicht stattgefunden hatte.

Aber er war in heldenmütiger Pose aufgetreten, gewissermaßen als junger Gott, und hatte sich darüber belehren lassen müssen, dass er sich wie ein Trottel aufgeführt hatte. Und dieser Fall trieb ihn seither ungeheuer um.

Eva hatte, wenngleich sie ab und an ein Lächeln unterdrücken musste, ernst und aufmerksam zugehört. Hans' Vortrag war auf eigentümliche Weise eindringlich gewesen. Er hatte sehr stockend erzählt, mit langen Pausen, in denen er, wie ihr schien, völlig geistesabwesend nur sein Glas Wein angeschaut hatte. Es schmeichelte ihr und dieses Gefühl überstrahlte zunächst ihre Sorge, an der Beseitigung eines Problems mitzuwirken, das seine Contenance derart erschüttert hatte.

8

Es gehörte zu den schlichten Wahrheiten, mit denen Mark sich abgefunden hatte, dass er seinen Vater nicht kannte und ihn nie richtig kennenlernen würde, sosehr er sich auch bemühen mochte. Er war nach Berlin gekommen, weil ihn seine Mutter Helene monatelang darum gebeten hatte, dem alten Herrn, der eine verbindliche Verabredung mit aller List hinausgezögert hätte, einen Überraschungsbesuch abzustatten, war aber auf dem Weg zu Kersts Wohnung, den Rollkoffer gedankenverloren hinter sich herziehend, über seine eigenen Beine gestolpert und fand sich zwei Stunden später in der Unfallstation einer großen Klinik vor dem ernsten Blick eines alten Arztes wieder, der ihm anhand eines in der Tat unerfreulichen Röntgenbildes erklärte, dass der Bruch des Fußgelenks nicht nur einer schwierigen Operation bedürfe, sondern eines schätzungsweise dreiwöchigen Aufenthalts in diesem Krankenhaus. Mark erkundigte sich nicht weiter nach seiner Verletzung, die ziemlich schmerzte, sondern nach der Möglichkeit, ein Einzelzimmer zu erhalten. Der Arzt antwortete mit einem bloßen Blick.

Mark wurde wenige Minuten darauf in einem Rollstuhl auf ein Zimmer gebracht, in dem bereits zwei Männer lagen. Der eine, Klaus Wartwitz, von ganz ungewöhnlicher Beleibtheit, hatte zwei Gipsarme, die mithilfe einer Vorrichtung in Brusthöhe fixiert waren. Er hatte sich, wie er Mark lispelnd erzählte, beim Mähen seines Rasens so unglücklich in einem Bewässerungsschlauch verheddert, dass er sich beim Sturz nicht nur beide Arme gebrochen hatte, sondern auch sein Gebiss in Mitleidenschaft gezogen worden war. Ihm fehlten zwei Schneidezähne, was seinem runden, wohlgenährten Gesicht eine karnevaleske Note verlieh. Der Mann – Mark schätzte ihn auf Mitte 50 – schien von sanftem, fast scheuem Gemüt. Er sah stundenlang fern und sprach wenig, manchmal seufzte er. Von seiner lebhaften Seite zeigte er sich lediglich nachts: Sein überaus lautes Schnarchen kannte alle Tonlagen und pausierte selten, eigentlich nie.

Als in dieser Hinsicht das genaue Gegenteil erwies sich Sebastian Warncke, ein Architekt, von dem man nachts nicht mehr als das regelmäßige Ein- und Ausatmen vernahm, tagsüber allerdings baugeschichtliche Details zu zahlreichen Großstädten. Er litt, wie Mark schien, unter großer, unspezifischer Unruhe. Sebastian hatte Mark mit Ausführlichkeit erzählt, wie er auf der Party einer Bekannten auf dem glatten Parkettboden ausgerutscht war, mit Glück sei es nur ein Bänderriss, noch seien nicht alle Untersuchungen abgeschlossen. Der Umstand hinderte Sebastian allerdings nicht daran, mit Ausdauer auf seinen Krücken das weitverzweigte Krankenhausgelände zu erkunden. Er zeigte sich auch im Zimmer von ausnehmender Geschäftigkeit, indem er überraschend oft die Toilette aufsuchte, sich am Fenster streckte oder an seinem Tablet-Computer hantierte. Auch hatte er die starke Neigung, sich an der Stirn zu kratzen.

Der Gedanke, hier drei Wochen zu verbringen, überstieg Marks Leidensbereitschaft. Er war bereits am nächsten Tag operiert worden und, da er das Bett für drei Tage nicht verlassen durfte, den Marotten dieser beiden Männer vollständig ausgeliefert, die ihm deutlich mehr zu schaffen machten als die pochenden Schmerzen in seinem bandagierten Fuß, aus dem ein Drainageschlauch hing und Blut in einen Plastikbeutel beförderte. Nach einer weiteren schlaflosen Nacht, in deren Verlauf er ernsthaft überlegte, ob er Wartwitz nicht erwürgen sollte, verlangte Mark abermals, diesmal lautstark, ein Einzelzimmer – koste es, was es wolle. Doch das einzige Einzelzimmer auf der Station, wie ihm von einer Schwester schadenfroh mitgeteilt wurde, war für die nächsten Wochen belegt. Der feine Herr werde es schon aushalten. Zumindest hatte er seine Mutter, die jeden Tag zu Besuch kam, mit Mühe davon überzeugen können, seinem Vater und ihrem Exmann, dem Literaturprofessor Werner Kerst, keineswegs mitzuteilen, dass er in der Stadt sei. Kerst hätte sich zu einem Besuch wohl aufgerafft, aber die Unfreude darüber, an einem Krankenbett sitzen zu müssen, wäre so deutlich zum Ausdruck gekommen, dass es Mark bei dieser Vorstellung schauderte.

Mark war von London aus hergekommen, wo er an der London School of Economics and Political Science Wirtschaftswissenschaften studierte. Seiner Mutter war es wichtig gewesen, ihrem Sohn zu einer möglichst kostspieligen Ausbildung zu verhelfen. Das finanzielle Opfer musste zur Unterdrückung ihres schlechten Gewissens erbracht werden, denn es schmerzte sie, dass er ein Scheidungskind war. Mark wiederum war das Auslandsstudium vor allem deshalb sehr recht, weil er damit seine Eltern in einer beruhigenden räumlichen Distanz wusste.

Seine Mutter hatte ihn alleine aufgezogen, mit einem unguten Überschuss an Fürsorge und Bevormundung, und ihn, in der Hoffnung, dass sich doch ein Funken Vaterliebe regen könnte, immer wieder zu Kerst geschickt. Kerst hatte die Besuche seines Kindes schicksalsergeben über sich ergehen lassen. Er hatte, wie sich Mark erinnerte, immer hinter Türmen aus Büchern in seinem Arbeitszimmer gesessen oder aber in seiner Küche, die er regelmäßig zu einer Schreibstube umfunktioniert hatte, vermutlich, weil Kaffee und Wein, die beiden Getränke, die er zum Arbeiten brauchte, dort unmittelbar zur Hand waren. Kerst streichelte seinem Sohn zur Begrüßung immer den Kopf, musterte ihn dann für eine Weile, als müsste er sich an seinen Anblick jedes Mal neu gewöhnen, und sagte schließlich nicht unfreundlich, fast fröhlich, er wisse ja, wo alles in der Wohnung sei. Ob er fernsehen wolle. Oder Hausaufgaben machen müsse. Der Kühlschrank sei voll. In der Tiefkühltruhe sei ebenfalls allerhand, Süßigkeiten stünden im Regal. Dann, als Mark nichts erwidert und lediglich seine Schultasche im Flur abgestellt hatte, setzte sich Kerst wieder hinter seinen Schreibtisch.

Manchmal hörte Mark, während er Hausaufgaben machte, seinen Vater laut fluchend mit seiner Sekretärin am Institut oder einem Kollegen telefonieren. Mit ihm selbst sprach er erst wieder am Abend, kurz bevor ihn seine Mutter abholte. Der Vater steckte seinem Sohn oft, während er ihm zum Abschied wie zur Begrüßung über die Haare strich, ein Buch zu, mit der Aufforderung, es zu lesen. Und tatsächlich versuchte sich Mark als Achtjähriger an der *Ästhetik des Widerstands* von Peter Weiss, um die väterliche Weisung zu befolgen, aber er kam nicht über die ersten fünf Seiten des 1000-seitigen Werks hinaus. Auch dünnere Bücher, etwa die Anthologie experimenteller Lyrik aus den 20er-Jahren, die ihm sein Vater zum elften Geburtstag geschenkt hatte, waren ihm unverständlich vorgekommen. Weitere Bücher, mit denen Kerst ihn unverzagt versorgte, rührte er gar nicht erst an, und er verstand bis heute nicht, wie man sich mit etwas so Nutzlosem wie den Phantasiegebilden anderer Leute beschäftigen konnte.

Zu den wenigen Höhepunkten seines Krankenhausaufenthaltes gehörten die morgendlichen Arztvisiten. Ein junger, betont selbstbewusster Arzt mit grazilen

Händen sagte, die Operation sei gut verlaufen, der Heilungsverlauf werde, aber das wisse er ja schon, eher langwierig werden. Alles benötige seine Zeit. Er lächelte auf professionelle Weise. Mark erkundigte sich noch einmal rasch nach einem Einzelzimmer, doch da stand er schon vor dem Bett von Klaus Wartwitz. Als der Arzt das Zimmer verlassen hatte, fragte Sebastian, was Mark eigentlich von Hans Scharoun halte, er wisse schon: dem Architekten. Mark sagte: »Halt's Maul!«, woraufhin Sebastian augenblicklich erblasste, sich an der Stirn kratze und empört »Also …« sagte. Wartwitz lispelte überraschend laut: »Bloß keenen Streit!« Er habe einen Herzschrittmacher, Aufregung sei verboten. Er lispelte nicht nur, sondern berlinerte auch stark. Eine Kombination, dachte Mark, die man nicht ernst nehmen konnte. Warum er sich einmische, fragte er, die Sache gehe ihn nichts an. Und ob ihn das was angehe, sagte Wartwitz, er wohne nämlich hier. Dann schwieg man für eine Weile.

Marks Handy klingelte, es war sein Freund, ein Broker koreanischer Herkunft. Mark wollte seinen Unfall zunächst verschweigen, aber natürlich hatte seine Mutter bereits alle Welt informiert. Er bestand darauf, nach Berlin zu reisen, und zeigte sich auf dramatische Weise besorgt. Mark wiederum bestand darauf, dass er in London bleibe, alles sei halb so schlimm. Das Telefonat dauerte länger, und schließlich kamen sehr weitverzweigte und grundlegende Probleme ihrer Beziehung zur Sprache. Der Anruf gipfelte in Gebrüll, Mark drückte seinen

Freund einfach weg und atmete, zumal sein Bein nun heftiger pochte als zuvor, tief ein und aus.

Sein Freund versuchte ihn noch achtmal zu erreichen, das Smartphone summte beharrlich auf dem Nachttisch. Mark stieß mit seinem gesunden Bein heftig gegen das Bettende. Sebastian sprang aus dem Bett, brachte sich mit seinen Krücken erstaunlich schnell zur Ausgangstür und sagte noch in den Raum hinein, es sei nicht zum Aushalten. Dann zog er geräuschvoll die Tür hinter sich zu. Wartwitz sagte, Streit sei verboten.

Nach kurzer Zeit ging die Tür mit Elan wieder auf. Es war Marks Mutter Helene Kerst, die große und gepflegte Mittfünfzigerin. Sie begrüßte ihren Sohn mit der frischen Laune einer angebrochenen Woche, herzte ihn stürmisch und fragte, ob er noch Schmerzen habe, ob er sich halbwegs wohlfühle, wie das Frühstück gewesen sei, was die Ärzte sagten und so weiter. Sie hatte ihm Unterwäsche und einen Pyjama gekauft und verstaute die Kleidungsstücke sorgsam gefaltet im Spind. Es war kaum zu übersehen, wie sehr sie es genoss, dass er krank war. Helene war nach der ersten Nachricht, dass Mark verunglückt sei, sie befand sich noch in Spanien, aufrichtig schockiert gewesen, aber dann realisierte sie, dass ihr Sohn sich lediglich einen, wenn auch komplizierten, Bruch zugezogen hatte, und sie erkannte die selten günstige Chance, ihren Einflussbereich geltend zu machen. Ihr Sohn musste jetzt dankbar dafür sein, dass sie für ihn da war, und eine Fluchtmöglichkeit war umständehalber ausgeschlossen. Er musste umsorgt werden, ob er wollte oder nicht. Und sie fand mindestens zwei Stunden am Tag Zeit, um sich dieser rührenden Aufgabe zu widmen.

Seine Mutter war, wie sie ihm häufig sagte, stolz auf ihn. Worauf genau, war Mark unklar. Vermutlich auf Selbstverständlichkeiten, darauf, dass er, obgleich ein Scheidungskind, kein völliges Wrack war. Dass er, trotz desaströser Noten in Deutsch, ein passables Abitur absolviert hatte. Oder darauf, dass er sich in London zurechtfand, was aber kein Kunststück war. Mark ahnte, dass seine Mutter mit all dem unmotiviert daherkommenden Lob nur von einem Makel ablenken wollte: sein Desinteresse am weiblichen Geschlecht. Helene nahm es zwar mit einer auf Zeitgenossenschaft getrimmten Selbstverständlichkeit hin, aber da sie sich als eine Frau mit sehr deutlichen Reizen wähnte, lag es letztlich jenseits ihres Horizontes, sich einen Mann vorzustellen, der sie nicht begehrte.

Kurz bevor seine Mutter an diesem Tag das Krankenhaus verließ, rückte sie noch einmal näher an das Bett ihres Sohnes, blickte ihn ernst an und sagte, sie müsse ihm etwas beichten. Sie räusperte sich. »Ja«, sagte Mark erschrocken, und eine Ahnung durchfuhr ihn. »Das hast du nicht gemacht«, sagte er und richtete sich im Bett auf. »Aber Mark, ich konnte es ihm doch schlecht verheimlichen. Ich habe ihn angerufen. Er ist dein Vater.« Mark blickte gequält. »Er ist besorgt«, sagte seine Mutter. »Klar«, sagte Mark knapp. »Er kommt die Tage vorbei. Er freut sich so, dich wiederzusehen«, sagte sie. »Und wie!«, sagte Mark, so, dass selbst Helene den Sarkasmus nicht überhören konnte. Sie beugte sich jetzt über ihn, wollte ihn auf die Wange küssen, doch Mark wehrte sie ab. Sie blickte ihren Sohn gereizt an: »Das habe ich nicht verdient.« Er blickte stumm gegen die Wand. Als sie die Tür mit einigem Schwung hinter sich zugezogen hatte, stöhnte Wartwitz laut auf.

Am Abend schlief Mark überraschend schnell ein, seine Müdigkeit war so umfassend, dass ihm das Schnarchen seines Zimmernachbarn nichts anhaben konnte. Aber bereits vier Stunden später wurde er geweckt. Das Licht ging vom Stationsflur aus und erhellte einen Teil seiner Bettdecke. Jemand hatte die Zimmertür geöffnet. Am Fußende stand eine kleine, steinalte Frau. Sie trug ein weißes Nachthemd und lächelte. Dann flüsterte sie etwas. Mark konnte sie kaum verstehen. »Bitte?«, fragte er nur. Die Frau sagte jetzt eine Spur lauter, sie suche ihren Mann. Er sei nicht hier, sagte Mark. »Doch, doch«, sagte die Frau. »Er versteckt sich hier!« Er habe ihn nicht gesehen, erwiderte Mark. Es sei aber sehr wichtig, dass sie ihn finde, die Alte hob jetzt den Zeigefinger, denn das Weltende rücke heran, der Messias komme. Ob er sie verstehe. »Nein«, sagte Mark. Dann hörte er die herannahenden Schritte der Nachtschwester. »Wo wandern Sie denn wieder herum? Kommen Sie, kommen Sie …« Und sie führte die alte Dame, die einen letzten, eindringlichen Blick auf Mark warf, hinaus.

Am nächsten Morgen wurde der Architekt entlassen,

nachdem man ihm unter Schmerzen eine Kunststoffschiene angelegt hatte. Sebastian reichte Wartwitz die Hand, hatte aber vergessen, dass er die gar nicht ergreifen konnte. Da lachten sich die beiden sehr laut an. An Mark ging Sebastian wortlos vorbei. Wenigstens war dieser Architekt weg. Mark hatte eine Abneigung gegen diese Person, die er nicht ganz verstand. Vielleicht war es dessen jede Regung, jeden Satz durchdringende Harmlosigkeit, die ihn abstieß. Mark glaubte überhaupt, und das lag nicht nur an seinem Studienfach, dass Freundlichkeit, die der Unsicherheit entsprang, ein Zeichen von Feigheit war. Und dass eine gute Portion Schroffheit das Leben zumindest unterhaltsamer machte, weshalb er Sebastian, der gerade aus der Tür schlüpfte, noch hinterherrief, er hoffe, ihn so rasch nicht wiederzusehen.

9

Obgleich der Arzt, ein älterer Herr mit nachdenklichem Gesicht, Schlimmeres befürchtet hatte, war es nichts weiter als ein harmloser Bänderriss am Außenknöchel. Nach vier Tagen im Krankenhaus und allerlei, wie sich herausstellte, eher überflüssigen Untersuchungen legte ihm eine übelgelaunte Schwester nach der morgendlichen Arztvisite eine Kunststoffschiene an und sagte, er könne jetzt nach Hause. Er hatte Schmerzen, aber die Aussicht, den Aufenthalt hier zu beenden, versetzte Sebastian für einen Moment in eine fast euphorische Stimmung.

Sebastian nahm die S-Bahn Richtung Alexanderplatz und passierte Neubauten, die in den vergangenen Jahren, wie jeder halbwegs talentierte Architekt bemerken musste, in unguter Eile und unter Verwendung zweifelhafter Materialien hochgezogen worden waren. Er blickte auf ein Bürogebäude mit dunkelgrauen Kunststofffenstern, das einen historisch besonders wertvollen Abschnitt der Friedrichstraße verschattete; auf ein gläsernes Wohnblockensemble, in dem die Bewohner wie ausgestellt in ihren Appartements saßen; schließlich auf ein wuchtiges Einkaufszentrum aus rosafarbenen Betonfertigteilen. All diese Häuser, sagte sich Sebastian, trugen schon den Keim für ihren nahen Abriss in sich.

Er wusste, dass weniger die Architekten an dem Desaster schuld waren als vielmehr die Auftraggeber, die entweder über nicht genügend Geld verfügten, um etwas Bleibendes zu schaffen, oder aber, noch schlimmer, sich mit überflüssigem Gestaltungswillen zur Geltung bringen wollten. Meistens kam beides zusammen, wenig Geld und Geschmacklosigkeit, und zu der vorzüglichen Aufgabe des Architekten, der zunächst einen kühnen Entwurf vorgelegt hatte, gehörte es schließlich, die allerschlimmsten Entgleisungen, die drohten, zu verhindern.

Sebastian selbst hatte vor über einem Jahr eine Sporthalle für ein Gymnasium entworfen. Das Modell sah elegant aus, die Halle hatte ein Glasdach, die Backsteinfassade sollte die des wilhelminischen Hauptgebäudes zitieren, großzügige Umkleidekabinen waren vorgesehen mit Spinden aus Erlenholz. Aber nun hatte er es mit der Schulverwaltung, den Lehrern, den Eltern und all den Sonderwünschen dieser Parteien zu tun, mit Etatproblemen des Senats, schleppenden Zahlungen und der Insolvenz einer Zulieferfirma. Sebastian saß auf Podien in der Schule, verteidigte sein Konzept vor dem Rektor und den Eltern mit Pathos, aber wie immer wusste jeder alles besser, man behandelte ihn mit herablassender Süffisanz, und von seinem ursprünglichen Plan waren nur noch die Umrisse geblieben. Gegen das Glasdach sprach mit einem Mal, dass die Schüler vor den unanständigen Blicken aus einem nahegelegenen Bürogebäude nicht geschützt seien, gegen den Backstein, dass er auf eine vordemokratische Epoche verweise, gegen die Spinde aus Erlenholz, dass solche aus Metall widerstandsfähiger seien. Sebastian ahnte längst, dass aus seinem großen Projekt ein Zweckbau zu werden drohte. Er würde aussehen wie all die anderen unlängst errichteten trostlosen Schulbauten der Stadt.

Er hatte sich seine berufliche Laufbahn freier, vor allem künstlerischer vorgestellt. Während des Studiums hatte Sebastian Prestigebauten vor Augen, die unter seiner Regie entstehen würden, ein waghalsig am Berghang plaziertes Hotel in den Alpen oder eine Villa aus Stahl und Glas mit einer riesigen Terrasse über einer steilen Küste und der Aussicht auf das weite Meer. Aber schon mit den ersten Aufträgen hatte sich ein dichtes Netz aus Zwängen und Kompromissen über seine Träume gelegt, und Sebastian tröstete, als er die missglückten Bauten auf seiner Heimfahrt beschaute, zumindest die Tatsache, dass er das Unglück, nicht erreicht zu haben, was er sich einst ausgemalt hatte, mit so vielen Kollegen teilte.

Seine Eltern, immerhin, waren mehr als zufrieden, auch deshalb, weil sie keine allzu konkrete Vorstellung von der Tätigkeit ihres Sohnes hatten, diese aber für etwas ungemein Weltläufiges hielten. Sebastians Vater, ein Heizungsinstallateur, entstammte gerade noch einer Generation von Männern, die mit Selbstverständlichkeit, ja mit einer Spur von Geschlechterstolz wenig sprachen, sich nie erklärten und, da sie Selbstreflexion intuitiv als etwas Unnützes und Schädliches begriffen, mit ihrem ehrgeizlosen Leben sehr einverstanden waren. Sebastians Mutter hingegen war ausnehmend redselig und mit einem scharfen Verstand gesegnet, wenn es darum ging, die kleinen sozialen Auf- und Abstiegsgeschichten ihrer Umgebung zu erfassen und mal bitter, mal freudig zu kommentieren. Sie begriff sich mit Stolz als Hausfrau, wenngleich sie ihrem Mann ein wenig zugearbeitet hatte. Sie war für die Verwaltung, die Rechnungen und Steuerangelegenheiten des kleinen Handwerksbetriebs zuständig gewesen und hatte ihre Aufgabe auf eine undurchsichtige, einer Geheimwissenschaft nahen Weise wahrgenommen, weshalb die Abläufe der Firma in gänzlichem Chaos versanken, sobald sie krankheitsbedingt mehrere Tage ausfiel, was aber so gut wie nie geschah.

Nun waren seine Eltern Rentner, und wäre der Begriff nicht so abgenutzt, man müsste sie wohl als rüstig bezeichnen. Sebastian schien es, als seien sie mit ihrer kleinstädtischen Verwurzelung die letzten Repräsentanten einer untergegangenen Epoche. Sein Vater stand an Sonntagen im kleinen Stadion der Stadt, um das hölzerne Fußballspiel der Borussia Remagen ziemlich regungsarm zu betrachten. Beim anschließenden Kneipenbesuch tauschte er sich über die hoffnungslose Unzulänglichkeit der Mannschaft mit wenigen mürrischen Worten aus.

Seine Mutter hatte, was ihrem Sohn unangenehm war, in Remagen, wo die Familien seiner Eltern schon seit mehreren Generationen lebten, von seiner großen Karriere in der Hauptstadt selbst den entferntesten Bekannten erzählt, und jedes Mal, wenn er zu Besuch war, musste Sebastian ihm schon lange fremd gewordenen Menschen auf der Straße, zumeist älteren Damen, von seinem neuesten Bauprojekt berichten und sich, während man im rheinischen Singsang auf ihn einsprach, die Wange tätscheln lassen.

Da die Enge der Heimat ihn bedrängt hatte, war er zum Studium nach Berlin gezogen, mit der von vielen seiner Generation geteilten, etwas romantischen Vorstellung des 19. Jahrhunderts, in der Metropole einen neuen, von der Herkunft befreiten Lebensentwurf zu wagen. Er lebte in den ersten Jahren in einer Wohngemeinschaft zusammen mit einem französischen Sänger, der mit seiner Band in allerlei Lokalen der Stadt spielte und auf den alles entscheidenden Durchbruch wartete, und mit Emma, einer Informatikstudentin, die an ihrer Doktorarbeit schrieb, aber bereits freiberuflich für die erblühende Internetbranche arbeitete.

Jetzt stieg Sebastian aus der S-Bahn und humpelte an Spielhallen, Dönerbuden und Zigarettenläden vorbei. Er überlegte, wie er die nächsten Tage verbringen wollte. Man hatte ihn ganze drei Wochen krankgeschrieben und das Turnhallenprojekt lag in dieser Zeit in den Händen einer jungen, noch vom karrieristischen Idealismus beseelten Kollegin. Er stieg die Treppen hinauf in seine Wohnung und setzte sich in die Küche. In der gegenüberliegenden Wohnung saß vor allerlei Büchern unter einer Schreibtischlampe jener ihm mittlerweile vertraut gewordene Nachbar in der Küche. Sebastian hatte sich oft gefragt, woran er so emsig arbeitete, aber die Kontaktaufnahme gestaltete sich schwierig. Der Alte blickte so gut wie nie auf, und wenn, dann war es Sebastian, als schaue er durch ihn hindurch.

Hans und Julia hatten sich nicht mehr gemeldet. Er überlegte, eine SMS zu schreiben, dass er aus der Klinik entlassen worden sei, doch schien es ihm, als seien die Demütigungen, die man sich gegenseitig zugefügt hatte, gerade halbwegs im Gleichgewicht. Jede Kontaktaufnahme würde den fragilen Frieden nur unnötig gefährden. Er hatte in ihrer Küche randaliert, aber diesen Auftritt mit seiner Verletzung mehr als genug gebüßt.

Hans, den Sebastian sich in einer Phase überreizter Eifersucht als hochnäsig und reserviert vorgestellt hatte, war ihm gegenüber in der Küche auf nervöse Weise zuvorkommend gewesen. Er hatte das Frühstück, das man der allgemeinen Befangenheit wegen kaum anrührte, zubereitet und ihn dann mit besorgten Blicken ins Krankenhaus gefahren. Die Fotos, die Sebastian im Netz oder in Magazinen von ihm gesehen hatte, waren nicht in Einklang zu bringen mit diesem unstet wirkenden

Menschen. Vielleicht, dachte er, war Hans einfach kein Frühaufsteher.

In der unglücklichen Nacht, als er betrunken seine alte Wohnung angesteuert hatte, hatte er womöglich noch geglaubt, Julia mit einem eindringlichen Vortrag zurückerobern zu können. Am nächsten Morgen aber, als er das Paar, das vor ihm saß, beobachtete, schien ihm das Vorhaben fast abwegig. Julia hatte sich doch verändert, sie trug eine große Hornbrille und war lässiger gekleidet als früher, großstädtischer und zeitgemäßer. Er erblickte an ihr nicht mehr die hygienische Vornehmheit einer reichen Unternehmerstochter mit blasser, fast durchsichtiger Haut, die ihm stets auf frivole Weise unerreichbar schien, sondern die allzu standardisierte Mischung aus Turnschuhen, Hemd und T-Shirt, die er zur Genüge aus seinem Architekturbüro kannte.

Äußerlich besehen würden sie nun zusammenpassen, sagte sich Sebastian, aber das anziehend Verletzbare, die überwindungswürdige Distanziertheit hatte Julia abgelegt, und er bedauerte diesen Wandel, obgleich er sich ihn, als sie noch zusammen waren, gewünscht hatte. Er begriff, dass die unüberbrückbare Ferne das Fundament ihrer Beziehung gewesen war.

Sebastian hatte Julia einst über Emma kennengelernt. Seine Mitbewohnerin hatte ihren Geburtstag mit unzähligen Freunden in der Wohngemeinschaft gefeiert. Ein ungeheures Gedränge herrschte in der Küche, Sektkorken knallten, leere Bierflaschen wurden als Aschenbecher missbraucht, eine Frau kreischte und trampelte wie von Sinnen auf der Stelle, da ihr jemand von hinten zwei Eiswürfel in die Bluse gesteckt hatte.

Sebastian beschloss, sich an diesem Abend einigermaßen früh zurückzuziehen, da er so gut wie niemanden auf der Feier kannte. Als er sein Zimmer betrat, lag in seinem Bett aber ein ihm fremdes Paar und atmete schwer. Er stellte sich mit seinem Bier wieder ins Dämmerlicht des Wohnungsflurs, wo Emma ihn erblickte, mit Wucht umarmte und scherzhaft mit verraucht-erotischer Stimme »Ach, mein Mitbewohner« sagte. Kurz darauf stellte sie ihm Julia vor, die mit ihrer kleinen Silberkette, dem streng zum Zopf gebundenen Haar, ihrem Cocktailkleid und Pumps ein wenig overdressed schien. Sebastian war wie immer eine Spur zu zurückhaltend, wenn es darum ging, mit Frauen Smalltalk zu betreiben. Er kratzte sich häufig an der Stirn, während das Gespräch mühsam seinen Gang nahm. Es gelang ihm schließlich doch, sie zum Lachen zu bringen, wenngleich sie zu keinem Zeitpunkt einen eindeutigen Blick oder eine zweifellose Geste zeigte, die ihn zur Grenzüberschreitung hätte verleiten können.

Es bedurfte in den nächsten Tagen mehrerer telefonischer Interventionen von Emma, bis sich Julia schließlich mit Sebastian, der ihr bereits zwei humorvolle SMS geschickt hatte, verabredete. Sie gingen mehrmals aus, und als er schon nicht mehr an seine Überzeugungskraft durch Witz glaubte, übernahm sie eines Abends mit Selbstbewusstsein die Rechnung, fragte ihn, was er sich selbst niemals getraut hätte, ob er noch auf einen Absacker zu ihr wolle, und schon sechs Monate später begab sich das Paar auf Wohnungssuche.

Sebastian verbrachte die drei Wochen, in denen er krankgeschrieben war und sein Fuß geschont werden sollte, in einer Stimmung, die er im Nachhinein weder als sonderlich schlecht noch als sonderlich gut bezeichnen konnte. Er las einen Thriller, der vom mexikanischen Drogenkrieg handelte, doch die unzähligen Protagonisten überforderten ihn. Er sah sich auf seinem Notebook amerikanische Fernsehserien an, über die gerade jeder sprach, aber die vorhersehbaren Cliffhanger und Pointen unterforderten ihn. Dreimal in dieser Zeit kam sein Freund Per Heisig vorbei und sie betranken sich fürchterlich mit Weißwein (mit einem Pouilly Fumé – in diesem Anbaugebiet, wie Sebastian einmal im Feinkostladen erklärt worden war, werde nur herausragender Wein hergestellt).

Sebastian war nicht unfroh, wieder im Architekturbüro arbeiten zu können. Es befand sich im hell erleuchteten Erdgeschoss eines Altbaus, und als er eintrat, saßen seine Kollegen sehr konzentriert vor ihren Bildschirmen oder über ihren ausgebreiteten Plänen. Er hatte gehofft, dass sich jemand nach seinem Wohlbefinden erkundigen würde, aber lediglich sein Chef, ein dünner und modebewusster, mit seinem weißen Pferdeschwanz von Ferne an Karl Lagerfeld erinnernder Mann um die 60 rief ihn mit einer hektischen Handbewegung zu sich und fragte, wie es ihm gehe. Offenbar erwartete er keine Antwort, er sprach sogleich von der Turnhalle, die Sebastian konzipiert hatte, und davon, dass während seiner Abwesenheit das Projekt einen guten Schritt vorangekommen sei. Er rief die junge Kollegin herbei, die sich des Projekts zwischenzeitlich angenommen hatte. Sie berichtete, wie es Sebastian schien, mit gespielter Aufregung, dass man eine Lösung für das Dach gefunden habe, es werde Sichtschutzglas zum Einsatz kommen, es sei blickdicht, jedoch lichtdurchlässig; wie sie die Lehrerschaft mit Erfolg darüber hatte aufklären können, dass Backstein nicht per se vordemokratisch sei; wie die Spinde zwar jetzt aus Metall errichtet werden müssten, dass aber dieser Kompromiss notwendig gewesen sei, um sich in den beiden anderen, weitaus wichtigeren Punkten durchsetzen zu können.

Sebastian sagte, dass es gerade auf die Spinde ankomme. Dass glaube er doch nicht im Ernst, sagte seine Kollegin. Der Chef, während er sich, als sei etwas sehr Bedeutsames zu bedenken, mit dem rechten Zeigefinger langsam über die Nase fuhr, meinte, die Spindfrage lasse sich ja noch später klären. Das Wichtigste für den Moment sei, die Halle würde so schnell wie möglich gebaut. Dann, nach einer Pause, in der er wieder Dinge von Tragweite zu erwägen schien: Sein Wunsch sei es, Sebastian und die junge Kollegin würden von nun an gemeinsam das Projekt vollenden. Sebastian, dessen Stimme sich jetzt überschlug, fragte, ob, was sein Projekt anbetraf, »gemeinsam« ein Synonym für »gleichberechtigt« sei. Sein Vorgesetzter nickte und sagte mit Schärfe: »Ganz genau!« Er war durch die Frage zu einer Direktheit gezwungen worden, die ihm missfiel. Man lebte schließlich in einer Zeit, in der alle Machtfragen als Sachzwänge daherkamen und einsame Entscheidungen als Ausdruck demokratisch abgestimmter Vernunft.

Die nächsten Wochen gestalteten sich aus Sebastians Perspektive krisenreich, ohne dass es zu lauteren Auseinandersetzungen kam. Er sah von seinem Platz im Großraumbüro seine sorgfältig geschminkte Kollegin, die unnötigerweise nicht nur hübsch, sondern mit ihrem Bubikopf wohldosiert extravagant aussah, häufig das Zimmer ihres Vorgesetzten aufsuchen. Es bedurfte nicht allzu viel Phantasie, um sich auszumalen, auf welch mitleidige, niemals grobe Weise sie sich gegen ihn verbündet hatten. Wann immer ein Meinungsunterschied auftrat, etwa über die genaue Farbe und Beschaffenheit des Backsteins, wurde die Entscheidung zunächst vertagt, aber wenige Tage später musste er zufällig erfahren, dass die von seiner Kollegin favorisierte Sorte mit Zustimmung des Chefs einfach bestellt worden war. Es waren die kleinen, erst in der Summe schwer erträglichen Demütigungen, die an Sebastian zehrten. Und er überlegte, ob es nicht an der Zeit war, sich entweder eine neue Stelle zu suchen oder wieder frei zu arbeiten, doch ließ ein Blick auf sein Konto seine Risikofreude dahinschmelzen. So blieb ihm zunächst nichts anderes übrig, als im Windmühlenkampf um das Schulgebäude eine Niederlage nach der anderen zu kassieren.

Auch regelmäßig wiederkehrende Unerfreulichkeiten geben Halt. Langsam, aber sicher wich die ungute gedankliche Aufarbeitung seiner letzten Beziehung ganz den Auseinandersetzungen im Architekturbüro, und wenn er beide Beschäftigungen miteinander verglich, schien ihm Letztere ein gutes Stück sinnvoller als Erstere.

Eines Nachts schrieb ihm Julia eine kurze E-Mail: Er schulde ihr noch 5000 Euro, er solle sie doch bald auf das ihm bekannte Konto überweisen. Richtig, daran hatte er nicht gedacht. Er würde zur Bank gehen und einen Kredit beantragen müssen. Sebastian bemühte sich, nicht allzu viel aus dieser E-Mail herauszulesen: Musste man Finanzielles nicht immer möglichst sachlich regeln? Aber der Umstand, dass Julia ihn an einem Wochentag um halb drei Uhr morgens und nicht einmal mit konventioneller Freundlichkeit angeschrieben hatte (es fehlte sogar die Anrede), löste unweigerlich Betroffenheit in ihm aus. Er befahl sich in einem Anflug von Stolz, nicht seiner Gewohnheit zu erliegen, einer Grobheit mit Freundlichkeit zu begegnen, und antwortete nicht. Lediglich als er wenige Tage später die Überweisung tätigte, schrieb er, da niemand ganz aus seiner Haut kann, in die Zeilen, die für den Verwendungszweck vorgesehen waren: »Alles in Ordnung bei Dir? Die Tage mal einen Kaffee?«

10

Helene, die mit ihrem Exmann in einer recht dringenden Finanzsache, die das Studium ihres gemeinsamen Sohnes betraf, sprechen wollte, hatte an einem Abend vergeblich an seiner Haustür geklingelt. Sie sah von der Straße aus, dass er da war, denn schwaches, von der Küche her ausstrahlendes Licht erleuchtete das Wohnzimmerfenster. Vermutlich saß er, sagte sich Helene, wieder an Hannes Maria Wetzlars nachgelassenen Manuskripten – dieser Schriftsteller, der ihr aufgrund der Schwermut, mit der er vom schnöden Alltagsgeschehen erzählte, das ziemlich auf der Stelle trat, seit je überschätzt schien. Aber vielleicht, dachte Helene, hatte sie einfach kein Sensorium für Geschichten, die beständig in Reflexionen abglitten, statt (wie es sich ihrer Ansicht nach gehörte) in verästelten Handlungssträngen einem dramatischen Höhepunkt entgegenzutreiben.

Sie klingelte mehrmals, aber Werner Kerst machte einfach nicht auf. Sie war derlei Exzentrik gewohnt. Es war manchmal über Wochen nicht möglich, ihn telefonisch zu erreichen, doch an diesem Sommertag beschlich sie erstmals ein Gefühl der Sorge. Kerst hatte während ihrer letzten Begegnung vor zwei Monaten beiläufig über Schwindelanfälle und Atemnot, Begleiterscheinungen des Alters, wie er meinte, geklagt, und sie sah ihn vor ihrem geistigen Auge mit einem schmerzverzerrten Gesicht in der Küche liegen – ein Szenario, das an Genauigkeit und Detailreichtum gewann, je häufiger sie erfolglos die Klingeltaste betätigte.

Sie rief schließlich die Polizei herbei. Aus einem Streifenwagen stiegen schon wenige Minuten später zwei Beamte, die Protagonisten einer Boulevardkomödie hätten sein können: ein Dünner mit sehr hoher Stimme und ein kleiner Rundlicher mit auffällig dummen, eng beieinanderstehenden Augen, der so nuschelnd sprach, dass man ihn kaum verstand. Helene sagte, was in mancherlei Hinsicht nicht ganz der Wahrheit entsprach, dass sie seit Tagen versuche, zu ihrem Gatten zu gelangen. Er sei Diabetiker und neige zu Verwirrung, sie fürchte um sein Leben. Die Polizisten, die bei fast allen Nachbarn klingeln mussten, bis schließlich die Haustür mit einem Surren nachgab, traten mit Helene in den Hausflur und liefen zwei Stockwerke hinauf, wo sie sich für einen Moment sammelten. Der Dünne klopfte mit überraschender Vehemenz an Kersts Wohnungstür und rief grell: »Polizei! Aufmachen!«

Zunächst hörten sie nichts, dann aber ein Quietschen und Poltern. Offenbar hatte sich jemand mit Wucht von einem Stuhl oder einem Sessel erhoben und dabei etwas umgeworfen. Helene und die Polizisten hörten jetzt schnell herannahende Schritte. Die Tür wurde mit einer Geschwindigkeit aufgerissen, die die Wartenden einen halben Schritt zurücktreten ließ. Kerst stand wie festgefroren vor ihnen, nur seine Augen sprangen lebhaft von einem zum anderen. Helene wollte gerade etwas sagen, aber da war die Tür bereits mit einem Rasseln wieder ins Schloss gefallen.

Dieser Mann war ein Ärgernis. Helene wusste beim besten Willen nicht mehr, wie es hatte geschehen können, dass sie mit Kerst eine Ehe eingegangen war. Sie hatten sich, die Szene kam ihr heute unwirklich vor, vor über 20 Jahren in einem Supermarkt kennengelernt. Kerst hatte in einem Gang mit Konservendosen in das unterste Regal gegriffen und, als er sich mit den Ravioli in der Hand aufrichtete, laut aufgeschrien und an den Rücken gefasst. Ein gewöhnlicher Hexenschuss, der ihn alle paar Monate erwischte. Helene, die direkt neben ihm stand, stützte den ihr bis dahin unbekannten Mann und brachte ihn unter allerlei beruhigenden Worten in seine Wohnung, die zwar nur einen Häuserblock entfernt lag, aber man brauchte eine geschlagene Stunde, da Kerst nach jeweils zwei, drei Schritten eine Pause einlegen musste und mit zusammengekniffenen Augen leise stöhnte. Helene sagte sich später, dass Kerst seine Rückenschmerzen vielleicht ein klein wenig übertrieben hatte, um den Nachhauseweg künstlich zu verzögern und ihr mithilfe dieser Taktik nahe zu sein, das stimmte aber nicht.

Den nächsten Hexenschuss hatte Kerst erst wieder kurz vor der Geburt seines Sohnes und war somit verhindert, dem Ereignis beizuwohnen. Er kam zwei Tage später auf Krücken ins Krankenhaus, sah deutlich angeschlagener aus als die Mutter, blickte dann aber, nachdem man ihm das Kind in den Arm gelegt hatte, einigermaßen selig seine Frau an. Das Paar trennte sich wenige Jahre später aufgrund eines unerfreulichen Ereignisses. Helene war eines Tages früher als erwartet von der Schule heimgekehrt (es war an diesem strahlenden Tag Hitzefrei verfügt worden), öffnete die Wohnungstür mit einem fröhlichen »Hallo!«, da sie sich auf ein langes Wochenende freute, und sah, wie sich Kerst im Flur von der Kinderfrau, einer Spätaussiedlerin aus Osteuropa, panisch löste. Man hatte sie auf sein Drängen hin angestellt, weil er mit dem Kleinkind allein überfordert sei. Kerst zog sich die Hose hoch, verlor aber bei diesem nervösen Vorhaben das Gleichgewicht und prallte mit einem derartigen Schwung gegen die Wand hinter ihm, dass sich Helene gezwungen sah, ihren Mann, der neben einer Platzwunde eine schwere Gehirnerschütterung davongetragen hatte, zu bandagieren und den Notarzt zu rufen, nachdem sie der jungen Frau, die aufgeregt vor sich hin schrie, mit knappen Handbewegungen bedeutet hatte, sich anzukleiden und die Wohnung zu verlassen.

Helene dachte nur noch selten an dieses Ereignis, und es war, so amüsant die Angelegenheit auch schien, wenn man sie von fern betrachtete, kein Gesprächsgegenstand unter Freunden oder Verwandten, denn sie war sich unsicher, wer die lächerlichere Figur abgeben hatte: ihr Mann, der mit erhobenem Zeigefinger über Hannes Maria Wetzlar dozierte, während ihn die Leute vom Rettungsdienst auf eine Liege beförderten, oder nicht doch die Gehörnte selbst, der es zeitlebens schwerfiel, die Schmach als komödiantische Episode zu verbuchen. Kerst, immerhin, zahlte klaglos die Alimente und war ansonsten durchaus einverstanden damit, dass Helene den Sohn ab und an zu ihm brachte.

Dass Helene, weil er nicht sofort die Tür aufgemacht hatte, gleich mit der Polizei angerückt war, begriff Kerst nicht nur als Affront und als erstaunliche Entwicklung des seit je leicht reizbaren Nervenkostüms seiner Exfrau, sondern auch als besonders üble List. Wenn sie neuerdings den Kontakt zu ihm mit der Staatsmacht zu erzwingen suchte, war kaum abzusehen, wozu sie sonst noch in der Lage sein würde. Kerst gewöhnte sich daraufhin an, bereits nach wenigen Tagen zurückzurufen, wenn ihm Helene die Mailbox vollgesprochen hatte, um folgenreicheren Auftritten vorzubeugen. Womit sie erreicht hatte, was sie wollte.

Was für ein herausragender Brief an Ingeborg Bachmann! Er konnte kaum fassen, was er eines Abends in der Hand hielt. In der winzigen Handschrift – Kerst musste sogar eine Lupe zur Hand nehmen – wurde die Schöpfung als verfehlt bezeichnet, ganz im Sinne Ciorans, des französischen Essayisten, nur beinahe 20 Jahre vor ihm. Es stand in dem Brief der großartige und ihm eigentümlich vertraute Satz: »Alles reduziert sich schließlich auf die Begierde und die Abwesenheit von Begierde. Der Rest ist Nuance.« War es möglich, dass Ingeborg Bachmann eine Abschrift des Briefes an Cioran übermittelt hatte und dieser von den wetzlarschen Gedanken derart angeregt worden war, dass ... Dem würde nachzugehen sein. Kerst war wegen dieses Sensationsfundes aufgeregt, machte sich hektische Notizen ... Da klingelte sein Mobiltelefon. Es war Helene, er würde sie zurückrufen müssen, er legte das Handy zur Seite. Es klingelte noch einmal. Und es hörte nicht mehr auf.

Kerst erwog, das Telefon auszuschalten, aber die Wut siegte schließlich über die Gelassenheit, die er sich verordnet hatte. Er nahm den Anruf an und brüllte, was denn in Gottesnamen los sei. Ob die Welt untergegangen sei. Ob sie gleich mit den Bullen anrücke. Ob in ihrem Oberstübchen noch alles beieinander sei und so weiter.

»Werner, dein Sohn ist verunglückt!«

»Was?«, sagte Kerst.

»Ja, er liegt im Krankenhaus.«

»Ist es ernst?«, fragte Kerst, nicht mehr wütend, sondern zu seiner eigenen Überraschung völlig erregt vor väterlicher Sorge.

»Du musst sofort ins Krankenhaus!«

»Was ist passiert?«, fragte Kerst jetzt verärgert. Warum rückte sie denn verdammt noch mal nicht mit der Sprache heraus? Kerst sah sich bereits in der nächstbesten Maschine nach London sitzen, während sein Sohn mit dem Leben rang. Und das bei seiner Flugangst!

»Er ist in Berlin. Ich bin auch gerade zurückgekommen.«

»In Berlin«, wiederholte Kerst verblüfft. »Was ist passiert? Was heißt gerade zurückgekommen? Wie zurückgekommen?« Jetzt brüllte er wieder. Nach langen zehn Minuten hatte er endlich nicht nur herausgefunden, dass Mark sich lediglich den Fuß gebrochen, sondern sich von London aus auf den Weg gemacht hatte, um ihn unangemeldet zu besuchen.

Kerst legte auf. Er begriff nicht, wie man ihn mit einer solchen Lappalie derart in Unruhe versetzen konnte. Wie er auch nicht begriff, weshalb man ihn überhaupt nicht einfach einige Tage am Stück in Frieden lassen konnte. Selbst sein Nachbar, dieser bärtige Hipster in der gegenüberliegenden Wohnung, starrte ihn häufig an, als sei er ein Zootier. Heute wenigstens war er nicht zu Hause. Kerst würde sich Vorhänge kaufen müssen. In was für einer aufdringlichen, jeden Takt und jede Distanz verletzenden Welt lebte er nur, dachte Kerst, seufzte geräuschvoll und zündete sich eine Zigarette an. Natürlich, er würde seinen Sohn im Krankenhaus besuchen müssen. Mark würde sein Kommen genauso wenig schätzen wie er selbst. Sie mochten sich ja schon, sagte sich Kerst, allerdings auf eine unaufgeregte, niemals demonstrative Weise. Keiner von beiden verlangte vom anderen, gefühlig zu werden, bloß weil die Biologie ein zufälliges Band gestiftet hatte. Aber er spürte, dass nun der Konvention Tribut geleistet werden musste. Es gehörte offenbar zum Leben, dass man Dinge, die man verabscheute, einfach tat und keine Reflexionen über unliebsame Rituale anstellte, selbst dann nicht, wenn alle Beteiligten darunter litten. Andererseits: Niemand verlangte, dass er gleich morgen ins Krankenhaus fuhr. Er könnte auch übermorgen hin. Oder Anfang nächster Woche.

Der Gedanke beruhigte Kerst für den Moment. Es gelang ihm sogar, sich mit der Lupe in der Hand wieder in den Brief von Hannes Maria Wetzlar zu vertiefen, seinen Sensationsfund. Kerst fand in dem Brief an Ingeborg Bachmann noch einen zweiten, ziemlich ungeheuren Satz, den er zweifach unterstrich: »Die Wollust ist die Katastrophe des Genusses.«

In der Nacht hörte er im Halbschlaf, wie sich jemand an seinen Küchentisch setzte und nervös vor sich hin sang. Er roch jetzt den süßlich-herben Moschusduft seiner zweiten von insgesamt drei Frauen. Sie trug ihr weißes, mit Spitze versehenes Nachthemd und zündete sich eine Zigarette an. Sie hatte wieder ihre Schlafstörung, war unzufrieden. Immer diese Unzufriedenheit, dachte Kerst. Immer das Gejammer. Er drehte sich auf die andere Seite. Ihm war es lieber, wenn sie ihm tagsüber erschien, im Schneidersitz das unverständliche Werk eines indischen Mystikers las oder verträumt am Fenster stand.

Nach einigen Tagen stieg Kerst kurzentschlossen in die Badewanne, rasierte sich sorgsam, schlüpfte in einen sehr alten, aber noch halbwegs passablen braunen Cordanzug, entnahm seinem Weinregal eine Flasche Pouilly-Fuissé und einen Riesling aus dem Rheingau, steckte diese mit einem Korkenzieher und einem Pappbecher in eine Plastiktüte, trat schnaufend ins Freie, winkte ein Taxi heran und fuhr ins große städtische Klinikum.

Als Mark seinen Vater erblickte, stöhnte er laut auf. So schlimm könnten die Schmerzen nicht mehr sein, sagte sein Vater zur Begrüßung und stellte die zwei Weinflaschen und die dazugehörigen Accessoires auf den Nachttisch: »Die gibt es in dem Krankenhauskiosk da unten bestimmt nicht!« Mark, während er ungläubig den Kopf schüttelte, sagte: »Danke.«

Kerst fragte: »Wie geht es denn so?«

Mark sagte: »Gut.«

Kerst: »Wenn du wieder gesund bist, koche ich etwas für dich. Du bleibst dann ein oder zwei Tage bei mir, nicht wahr?«

Mark: »Gut.«

»Fein«, sagte nun Kerst und räusperte sich. »Wie geht es dem Bein?«

»Gut«, sagte Mark und zeigte auf den Gips. »Ich darf seit gestern im Rollstuhl herumfahren.«

Kerst war zufrieden, das Eis war gebrochen, sein Sohn kam ins Plaudern. »Dann sehen wir uns ja bald. Du rufst an, wenn was ist«, sagte Kerst und wollte gerade wieder aufbrechen, fragte dann aber noch: »Ist wirklich alles in Ordnung?«

Mark runzelte jetzt die Stirn, sagte leise: »Der eine

Idiot ist heute Morgen endlich entlassen worden. Aber ich brauche ein Einzelzimmer.«

»Warum hast du kein Einzelzimmer?«, fragte Kerst überrascht und warf einen finsteren Blick auf Klaus Wartwitz, der gerade mit großen schwarzen Kopfhörern fernsah.

»Weil es angeblich keins gibt«, sagte Mark.

»Das kann nicht sein«, sagte sein Vater und stand mit Empörung auf.

»Tu das nicht!«, rief sein Sohn. »Es ist zwecklos!«

Doch Kerst war nicht mehr aufzuhalten, verließ das Zimmer und Mark hörte, dass es schon kurz darauf im Stationsflur zu großen und lauten Auseinandersetzungen zwischen Kerst und den Schwestern, vor allem aber zwischen Kerst und der Stationsärztin kam. Ein entsetzliches Gebrüll drang durch die verschlossene Tür. Es klang ganz so, als sei eine Tasse oder eine Blumenvase zu Bruch gegangen, als sei randaliert worden.

Eine Viertelstunde später, zwischenzeitlich war es sehr ruhig geworden, trat Kerst wieder in das Zimmer seines Sohnes und sagte, er habe in Erfahrung bringen können, dass das einzige Einzelzimmer der Station ausgebucht sei. Mark legte sich die Hände an die Stirn, Klaus Wartwitz sagte: »Bloß keenen Streit!« Kerst winkte zum Abschied noch recht fröhlich ins Zimmer hinein.

11

Einen solchen Typen dürfe Julia sich doch nicht entgehen lassen, hatte ihr Emma am Telefon gesagt, ein so humorvoller Mann, Architekt, kreativ. Sebastian brüte in seinem Zimmer häufig über allerlei Bauskizzen. Er habe eine Entschiedenheit beim Entwurf seiner Zukunft, die es in dieser Männergeneration nur noch so selten gebe. Emma seufzte: Die meisten Männer, wie früher allenfalls zarte Mädchen oder sehr alte Menschen, seien heute ganz auf ihr augenblickliches Wohlbefinden konzentriert und befänden sich noch im 50. Jahr in einem Selbstfindungsprozess. Nicht so Sebastian! Wäre sie nicht mit Karl liicrt, sie würde beherzt zugreifen.

Zu einem charakterlichen Vorzug Sebastians zählte in den Augen Emmas, wenngleich sie seine Ausführungen nicht immer verstand, die Begeisterung, mit der er von der Architektur sprach, von der Anmut der Verwaltung, die sich ihm im Mannesmann-Haus in Düsseldorf zeigte, oder von einem Glaswerk in der Nähe von Nürnberg, das er als die prachtvollste Industriekathedrale des 20. Jahrhunderts bezeichnete.

Die Befangenheit während der ersten Treffen. Sebastian erzählte zunächst stockend, später mit der allergrößten Aufgeregtheit von seinen Freunden und den Eigenheiten seiner Eltern, der Wortkargheit seines Vaters und dessen Hassliebe zu Borussia Remagen, den lustigen Intrigen seiner Mutter und der seit Jahren vor sich hin schwelenden Feindschaft mit einer ihrer Nachbarinnen. Schließlich mit Ausgiebigkeit von architekturgeschichtlichen Details einer am Stadtrand gelegenen Siedlung von Hans Scharoun, die sie sich unbedingt einmal gemeinsam anschauen müssten.

Julia konnte nicht mehr sagen, was sie bewogen hatte, seinem umständlichen Werben am Ende nachzugeben. Vermutlich, sagte sie sich, hatte sie einmal mehr ihren Instinkten misstraut und ihr Unbehagen aus Vernunftgründen niedergekämpft. Schließlich sprach alles dafür, dass sie einander mögen müssten. Ihre Lebensläufe und Eigenschaften fügten sich wie Puzzleteile ineinander: hier die in sich gekehrte Sensibilität, dort der fröhliche, etwas naive Tatendrang, hier die Unternehmerstochter, dort der Handwerkersohn – eine Kombination, die der Liaison etwas Zeitgemäßes, Schichtensprengendes verlieh. Und da Emma, der Julia eine klare Menschenkenntnis unterstellte, sich der Sache so sicher war, schien er einen Versuch wert.

Sie unterdrückte ihre morgendlichen Erinnerungen, trank jetzt rasch ihren Kaffee aus, stand vom Küchentisch auf und warf auf dem Weg zur Wohnungstür noch einen kurzen Blick ins Schlafzimmer, in dem Hans bereits unruhig schlief und jeden Moment aufzuwachen drohte. Er hatte es sich zur Angewohnheit gemacht, ab und an in ihrer Wohnung zu übernachten.

Bereits eine halbe Stunde später befand sie sich in der Versicherungsfiliale im Westen der Stadt, wo auch die dreiköpfige Redaktion saß. Es gab nicht viel zu tun. Julia hatte nur einige Neuerwerbungen der Versicherung auf die Internetseite zu stellen und dazu einen kleinen Einleitungstext zu verfassen. Es ging um zwölf Fotografien von Felix von Hartz, auf denen nackte Frauen und Männer, die ganz bewusst nicht dem gängigen Schönheitsideal entsprachen, verschwommen zu sehen waren, was den Bildern sogleich etwas Marktkonformes verlieh. Das Werk des Künstlers, dachte Julia, eigne sich hervorragend für eine Fernsehreportage im Kulturprogramm, um die frauenfeindliche Modewelt, die Magermodels, den Schönheitswahn anzuklagen. Und tatsächlich erschien kurz darauf ein derartiger Beitrag über von Hartz, in dem engagiert die These aufgestellt wurde, dass Schönheit ausschließlich gesellschaftlich bedingt sei, in der Willkür des Betrachters liege und auch dicke oder alte Frauen das Recht hätten, sich begehrenswert zu fühlen. Die Fotografien wurden im Beitrag von einem Kunsthistoriker mit Gemälden von Rubens verglichen, was natürlich abwegig war, wie Julia wusste, da bei Rubens die Leibesfülle einer vor Liebe dahinschmelzenden Venus oder eines breitbeinig herumsitzenden Bacchus nicht volkspädagogisch motiviert war. Allerdings hatte Julia selbst genau die Thesen, die im Fernsehbeitrag ausgebreitet wurden, auch in ihrem kleinen Artikel aufgestellt. Die Stimme aus dem Off schloss sich ihrer Deutung bis in die Formulierungen hinein an.

Sie hatte einmal – sie wusste nicht mehr, wo – gelesen, dass man für eine Laxheit in der Argumentation von den Lesern belohnt werde, aber alles Präzise und Gewissenhafte den Makel der Unverständlichkeit habe. Da sie ihre Arbeit als Dienstleistung begriff, lag ihr jeder verspannte Anspruch fern. Fast alle in ihrem Milieu litten an einem starken Kunst- und Formwillen, der Julia missbehagte, da sich gerade hochfliegende Träume gern mit mangelnder Könnerschaft paarten. Zu ihrer Aufgabe gehörte es nun mal, den hartzschen Fotografien eine einleuchtende, keine präzise und damit unverständliche Deutung zu unterlegen. Es war ihr nur wichtig, sich dieser frei gewählten Schlampigkeit bewusst zu sein, statt Illusionen nachzuhängen.

Den Feierabend verbrachte sie in der Atelierwohnung von Hans, saß auf der ihr mittlerweile vertrauten Couch und las einen Roman, der ihr nicht sonderlich gefiel, während er malte. Er arbeitete an einem Bild, das ihm nicht gelingen wollte. Zwei große Kragenbären standen regungslos auf ihren Hinterbeinen am Strand. Die Arme hingen traurig an ihren Seiten herab. Im Hintergrund sah man sich überstürzende Wellen. Ein Gewitter tobte. Das bewegte Meer war von weißen, zackigen Blitzen erhellt. Mal übertünchte Hans eine ihm zu dramatisch geratene Verzweigung eines Blitzes, dann wieder hantierte er an dem Fell der Bären herum und sagte, es glänze nicht so, wie es solle. Er trat, um sich einen besseren Überblick zu verschaffen, zwei Schritte zurück, dann einen vor, legte die Hände an seine Hüften, schüttelte den Kopf, fuhr sich mit einem lauten Schnaufen durch die Haare und sagte: »Das sieht ja aus wie dieser Fantasy-Mist von der Carrington.« Dann setzte er von Neuem an. Aber schon 20 Minuten später legte er mit einem nervösen Husten den Pinsel zur Seite, nahm das Bild von der Staffelei, stellte es auf dem Boden gegen die Wand und trat mit Wucht dagegen. Die Leinwand löste sich vom Keilrahmen, einer der Kragenbären war jetzt an der Stirn verletzt. Hans hüpfte mit schmerzverzerrtem Gesicht auf dem linken Bein, sich den Fuß des rechten haltend, und hörte, derart mit sich selbst beschäftigt, nicht, dass die Wohnungstür ins Schloss fiel.

Julia hatte vorerst nicht mehr die Absicht, einen weiteren Tag am dramatischen Schaffensprozess ihres Freundes teilzuhaben. Seitdem er Sebastian auf etwas unkonventionelle Weise kennengelernt hatte, war Hans in eine für sie anstrengende Stimmung geraten. Die selbstvergessene Ruhe, mit der er zuvor seine Bilder wie aus einem Guss gemalt hatte, war einem hektischen Verbessern, einem quälenden Prozess von zahlreichen Korrekturen und einer Unzufriedenheit mit den künstlerischen Ergebnissen gewichen. Er hatte über zwei

Schnecken, deren Gehäuse nicht die Farbe annehmen wollten, die ihm passte, geflucht, über das Meer, das entweder zu stürmisch oder zu ruhig geriet, über zwei Rehe, die ihm zu niedlich, fast wie auf einem Kinderzimmerposter erschienen. Erst am Vortag hatte er auf einem Bild herumgetrampelt, das mehrere Gorillas zeigte. In der vielleicht etwas ausgedacht wirkenden Szenerie des Gemäldes tanzten sie miteinander wie betrunken den Strand entlang. Man erkannte in der Tat allzu deutlich den Willen des Künstlers, etwas Groteskes zu erschaffen. Nachdem die Tiere schließlich so gut wie unkenntlich waren (Hans hatte das Bild keuchend mit einem Teppichmesser zerschnitten), schien er sich für den Moment zu beruhigen, legte sich zu Julia auf die Couch und gab ihr, was er noch nie getan hatte, während aufgeregter Umarmungen Kosenamen: Mausi, Herzchen, Bärchen, mein kleiner Gorilla und so weiter. Julia konnte mit dem abrupten Stimmungsumschwung von bebender Wut zu kindlicher Liebesbedürftigkeit nicht auf Anhieb etwas anfangen, aber da ihr ein tröstendes Wort angemessen schien, sagte sie, wenngleich mit einem Stirnrunzeln: »Ist ja gut, ist ja gut.«

Einige Tage zuvor hatte sie Hans ihren Eltern vorgestellt, die sich für ein verlängertes Wochenende, auch um ein Kulturprogramm in der Hauptstadt zu absolvieren (Oper, eine Wikingerausstellung, die Philharmonie), im Hotel Savoy einquartiert hatten. Hans war von der Vorstellung, dass sie ausgerechnet dort unterkommen mussten, unangenehm berührt, doch Julia sagte knapp, es sei unmöglich zu erklären, weshalb sie in ein anderes Hotel sollten. Man traf sich in einem französischen Restaurant, welches das Ehepaar Gräber seit mehr als 20 Jahren aufsuchte, wenn es in der Stadt war, weshalb der alte Koch, ein Korse mit zerfurchtem Gesicht, eigens aus der Küche gerufen wurde, um die Gäste zu begrüßen und einige aktuelle Spezialitäten und deren Zubereitung mit besonderer Ausführlichkeit zu erläutern.

Die Stimmung war angespannt, da jeder der Beteiligten dem Treffen den Anschein größter Alltäglichkeit geben wollte und man sich zunächst ausgiebig in Belanglosigkeiten verlor. Frau Gräber, die ein auffällig schmales Gesicht hatte und zum vornehmen Sprechen neigte (obschon mit hessischem Einschlag), beklagte sich mit, wie es schien, großer Sachkenntnis über den heiseren, ach was, krächzenden Bariton des Don Giovanni, den sie am Vorabend in der Staatsoper gesehen hatten. Da habe es in Frankfurt schon Professionelleres gegeben! Ihr Mann, von gepflegter und schlanker Erscheinung, mit manikürten Fingernägeln, war offenbar anderer Meinung, doch bevor er etwas sagen konnte, zog seine Frau die linke Augenbraue hoch – ein seit Jahrzehnten eingeübtes Zeichen dafür, dass sie keinen Widerspruch duldete.

Julia lenkte das Gespräch auf die Kunst und auf Hans. Es ärgerte sie, dass er bislang so geistesabwesend gewesen war, fast unhöflich schweigsam. »Starke Bilder!«, sagte Herr Gräber. »Vor allem der Ochse!«, ergänzte seine Frau. Hans sagte: »Danke.« Herr Gräber, der zum Missfallen seiner Frau einer alten Gewohnheit folgte, die Finger ineinanderschob und die Gelenke dehnte, bis sie geräuschvoll knackten, hielt nun einen kurzen Vortrag über die kleine Kunstsammlung seines Unternehmens. Hans gähnte mit offenem Mund. Frau Gräber blickte ihre Tochter fragend an. Die wiederum wollte kurz und heftig gegen Hans' Schienbein treten, traf aber das Bein ihres Vaters. Der zuckte erschrocken auf, glaubte, seine Frau hätte ihn getreten, und fragte sie erbost, was denn jetzt schon wieder sei.

Nachdem ihr Mann seinen Vortrag mit der lustig gemeinten Bemerkung beendet hatte, leider habe das Unternehmen keinen Warhol, wandte sich Frau Gräber mit verbindlicher Freundlichkeit (in der eine gewisse Strenge steckte) an Hans und fragte ihn, was, genauer, woran er denn gerade arbeite. »An …«, Hans stockte, errötete. Julia hatte einen derart unsouveränen Auftritt nicht für möglich gehalten und ergänzte rasch: »… Gorillas.« – »Gorillas!«, wiederholte ihr Vater laut und blickte Hans aufrichtig interessiert und aufmunternd an, in der Hoffnung, er würde jetzt etwas ausführen, aber der sagte nur mit dem dämonisch kühlen Blick seiner Kindheit: »Ja, eines meiner Strandbilder.«

Man verspeiste die Bouillabaisse, den Cassoulet mit Kaninchenkeule, den Coq au Vin und den Salat mit Lammfilet und Avocado-Joghurt-Soße (den sich Julia bestellt hatte) mit Konzentration. Julias Eltern wandten sich während des Desserts (Birnenauflauf mit Vanilleeis und Crème brûlée) vorzugsweise an ihre Tochter und sprachen ausführlich über die Wikingerausstellung, die sie am nächsten Tag besichtigen wollten, was Hans, während Julia erblasste, sogleich zum Anlass nahm, darauf hinzuweisen, dass sie sich ja viel vorgenommen hätten und es jetzt, was er bedaure, schon so spät geworden sei. Man verabschiedete sich kurz darauf mit Höflichkeit. Und zum ersten Mal hatte unser Paar einen sich tief in die Nacht hinziehenden Streit mit knallenden Türen und verworrenen Ansprachen in Julias Küche, der aber ganz unerwartet, andererseits jedoch sehr folgerichtig in eine bewundernswert akrobatische, ja regelrecht wütende Versöhnung mündete, die keine Worte brauchte. Die Nachbarn klopften von oben gegen die Zimmerdecke, der Morgen graute, und endlich schliefen sie, von großer und ernster Müdigkeit erfasst, ein.

Am nächsten Nachmittag hatte Julia grässliche Kopfschmerzen und machte dafür zumindest auch die unzähligen Kunstmagazine, die auf dem Boden des Ateliers herumlagen, verantwortlich. Sie trug sie in den Flur und sortierte sie in einem der Regale nach Jahrgängen und Monaten ein. Die aufgesetzte kreative Unordnung war endlich beseitigt, der Raum wirkte sogleich heller und wie bereinigt von allen Missstimmungen der letzten Tage. Und Julia dachte für einen Moment, dass womöglich die Schaffenskrise, in die ihr Künstler geraten war, mit dieser Aktion, wer weiß, ebenfalls gebannt sein würde. Als aber Hans aus der Küche trat, stutzte er kurz, sagte kein Wort, richtete nur in großer Eile und ziemlich kunstvoll die hohen, umsturzgefährdeten Stapel wieder her.

Als Hans einige Tage später in einem Wutanfall gegen die Kragenbären trat, packte Julia kurzentschlossen ihren Roman in ihre Handtasche, lief an ihrem Freund vorbei, der sich mit ganzer Aufmerksamkeit seinem Zerstörungswerk hingab, verließ die Wohnung und lehnte sich kurz darauf an eine Häuserwand, um für einen Moment zu sich selbst zu finden. Eine Gruppe von Schulkindern zog mit einer erstaunlich alten, laute Anweisungen gebenden Lehrerin an ihr vorbei, ein dicker Junge mit sommersprossiger Haut sah sie mit einer zuckenden Oberlippe an, streckte dann die Zunge heraus und rief: »Blöde Kuh!« Dann eilte er mit erstaunlicher Beweglichkeit zur Spitze der Klasse.

Sie entschloss sich, den Kurfürstendamm anzusteuern, um in einem der großen Kaufhäuser einzukaufen, eine neue Bluse oder Hose würde sie zumindest für kurze Zeit auf andere Gedanken bringen. Sie vertiefte sich auf dem Weg aber in das Schaufenster eines kleinen, besonders feinen italienischen Modehauses. Sehr dünne, schwarze, flatternde Kleider und Handtaschen waren ausgestellt, und sie überlegte für einen Augenblick hineinzugehen, als sich neben sie ein junger, sehr dünner Mann mit einer großen Zahnlücke stellte. Er hielt eine Trompete in der Hand und setzte sie, nachdem er ein Plastikschälchen auf dem Trottoir abgelegt hatte und sich mit einem Kamm über das glänzende blonde Haar gefahren war, an den Mund und spielte mit zusehends rot anlaufendem Gesicht »Fly me to the moon«.

Julia überquerte jetzt rasch die Straße und fand sich

kurz darauf in einer Bankfiliale wieder, und weil ihr diese Handlung die Vertrautheit alltäglicher Routine gab, druckte sie an einem der Automaten einen Kontoauszug aus. Die Miete war überwiesen, Supermarkteinkäufe waren abgebucht worden, außerdem war ein Zahlungseingang von 5000 Euro und einem Cent dokumentiert. In der Zeile für den Verwendungszweck stand: »Alles in Ordnung bei Dir? Die Tage mal einen Kaffee?« Zum ersten Mal in ihrem Leben murmelte sie eindringlich und etwas klischeehaft: »Männer!« Sie zog ihr Smartphone aus der Tasche und schickte Sebastian eine Nachricht, die sehr unmissverständlich klang: »Auf gar keinen Fall.«

12

Miguel Rubio Fernández ließ sich zwar nichts anmerken, gleichwohl, wie man sich denken kann, missfiel ihm, dass Eva ihre Reisebegleiterin Helene mitgebracht hatte, um die Scherben des Globus zu betrachten. Beständig musste im Restaurationssaal, der im Untergeschoss des Escorial gelegen war, herumübersetzt werden, da die Deutschlehrerin kein Spanisch sprach (und Fernández wiederum ein nur schwer verständliches Englisch). Allerlei Gerätschaften standen herum, die Fernández zunächst mit Detailfreude erklärte, zum Beispiel die mit bunten Schaltern und Hebeln bestückten Niederdruck-Heiztische zur Restauration von Gemälden, diverse Pinsel, Skalpelle und Spachtel, Sägen und Zangen. Es roch in dem Saal stark nach Ölfarbe. Von der Decke herabhängende Neonröhren spendeten ein flackerndes Licht. In einer Ecke erblickten die Freundinnen eine ramponierte Satyrstatue mit wilden Haaren und breitbeinig herausgestelltem Geschlecht. Der linke Bocksfuß war abgefallen. Man hatte ihn neben die

Skulptur gegen die Wand gelehnt. »Ein bedauerlicher Unfall!«, sagte Fernández. Zwei Arbeiter hätten den Satyr vor einigen Wochen von einem Ausstellungsraum zum anderen tragen wollen, dabei sei der eine so unglücklich ausgerutscht, dass der Satyr von der Trage gefallen und auf den Boden geprallt sei. Interessanterweise habe der Arbeiter eine dem Satyr entsprechende, wenngleich spiegelverkehrte Verletzung davongetragen, sagte Fernández ernst: Der Mann habe sich bei dem Malheur das rechte Wadenbein gebrochen. Er laufe mittlerweile aber schon wieder einigermaßen munter durch die Gänge.

Auf einem der zahlreichen Tische lag ein Barockgemälde, das die Verkündigung zeigte. Der Erzengel und Maria waren allerdings nur noch erahnbar, so nachgedunkelt waren die Firnisschichten über die Jahrhunderte. Gabriel kniete vor der Gottesmutter, die über die unerwartete Heimsuchung empört schien, jedenfalls wehrte sie ihn mit geballten Fäusten und einem hasserfüllten Blick ab. »Maria als Medea. Ungewöhnlich«, sagte Eva.

»Nicht wahr!«, stimmte Fernández freudig ein, zog aus seinem Sakko eine Taschenlampe und beleuchtete sorgfältig Marias wütendes, eine Schandtat ankündigendes Antlitz. Das Bild habe wer weiß wie viele Jahrzehnte oder Jahrhunderte auf dem Speicher eines Seitenflügels des Schlosses inmitten von Gerümpel herumgelegen, sagte er. Er habe es jüngst erst gefunden, mitten in der Nacht. Manchmal, wenn er nicht schlafen könne, fahre er ins Schloss, um in der Stille ziellos umherzuwandern, er stoße in entlegenen Kammern und Kellern, in Fluren, die in Sackgassen endeten, auf die unglaublichsten, einst aus welchen Gründen auch immer ausgemisteten Kunstwerke. Neulich erst sei er in einer Kammer, die er mit einer Brechstange habe aufbrechen müssen, auf ein verschollen geglaubtes kleinformatiges Bild von El Greco gestoßen, das einen lüstern dreinblickenden Kardinal zeigt … Egal. Vermutlich, sagte Fernández, sei auch das Verkündigungsbild einst der ketzerischen Botschaft wegen ausgesondert worden. Er vermute ja, es handele sich um einen echten Francisco Rizi. Noch glaube ihm niemand, aber …

»Ein Rizi?«, unterbrach ihn Eva, beugte sich über das Gemälde, strich vorsichtig mit dem Zeigefinger über die schmutzigen Flügel des Engels, wiegte nachdenklich den Kopf und sagte schließlich: Das Bild sei in keinem guten Zustand, da sei das schwer zu sagen. »Aber nicht ausgeschlossen!«, sagte Fernández und trat jetzt nah an sie heran. Eva sagte: Man werde sehen. Manches spreche doch dagegen, dieser perspektivische Fehler in Marias Gewand zum Beispiel, das hätte Rizi … Helene unterbrach: Ob Eva übersetzen könne.

Erstaunlicherweise war an diesem Nachmittag weit und breit kein Restaurator in der Werkstatt zu sehen. Woran das liege, wollte jetzt Helene wissen. Fernández sagte, durch Urlaube und Krankheitsausfälle sei der Betrieb derzeit etwas eingeschränkt, doch so würden sie heute wenigstens niemanden bei einer Tätigkeit, die höchste Konzentration beanspruche, stören. Er zeigte nun auf eine wuchtige Kommode und klatschte kurz in die Hände: »Der Globus!« Er zog die Schubladen auf. Unzählige Fragmente steckten in numerierten Plastiktütchen. Mal hielt Fernández ein Stück Italiens in die Höhe, dann wieder reichte er den Freundinnen größere Scherben, auf denen aber nur das Meer zu sehen war. Die Restauration selbst befand sich im Anfangsstadium, man hatte Frankreich und Spanien wieder zusammengeklebt, im Osten reichte die Wiederherstellung bis ungefähr nach Koblenz, im Westen war man in den Atlantik vorgestoßen, aber nicht sehr weit. Fernández legte das faustgroße Restaurationsobjekt vorsichtig auf einen der Tische, und alle beugten sich schweigend darüber. Tatsächlich waren die Bruchstellen nicht mehr erkennbar.

»Keine leichte Aufgabe«, sagte Fernández, während er wieder einen Schritt zurücktrat, auch, da keine brauchbare Fotografie des Globus vorhanden sei und man sich wie ein Puzzlespieler Stück für Stück vorarbeiten müsse. Er stand jetzt sehr gestreckt, als habe er ein Hohlkreuz, was sein Alter hervorhob, anstatt es, wie es die Absicht war, zu kaschieren. Vor allem, ergänzte Fernández nach einer kleinen Pause, sei jede Restauration, egal wie handwerklich geschickt man vorgehe, bis zu einem gewissen Punkt eine Neuerfindung. Man klebe ja nicht einfach nur zusammen, die Nahtstellen müssten mit einem Füllmaterial versehen und lackiert werden, manche Lücke müsse man sogar mit Einfühlung erschließen und in der Regel seien Restauratoren in ihren Herzen verhinderte Künstler. Sie neigten dazu, ihre eigene Handschrift am Objekt zu verewigen. Er habe, fuhr Fernández fort, mit größtem Entsetzen schon Kunstwerke erblicken müssen, die nach der Reparatur kaum wiederzuerkennen gewesen seien. In der archäologischen Sammlung von Madrid könne er ihnen eine Venusskulptur aus dem 2. Jahrhundert nach Christus zeigen, die, nachdem man sie lediglich zur Säuberung in eine Werkstatt gegeben hatte, mit größerem, sozusagen zeitgemäßerem Busen zurückgekehrt sei. Allein er, Fernández, habe den Frevel bemerkt. Er räusperte sich und blickte dann, wie um sich zu sammeln, auf den Steinboden. Eva übersetzte das Gesagte. Helene lachte laut auf. Fernández blickte sie für einen Moment verwirrt an.

Die Wiederherstellung des Globus dauere deshalb so lange, fuhr Fernández fort, weil sich die Restauratoren des Schlosses, definitiv die besten des Landes, zurücknähmen in ihrem Gestaltungswillen. Es sei durchaus paradox: Je weniger sich ein Restaurator einbringe, umso länger dauere die Wiederherstellung, alles Skrupulöse sei langwierig und mühsam. Je kreativer der Restaurator sei, umso rascher sei die Reparatur vollendet, die ungeübte Kunstbetrachter auch noch für besonders gelungen hielten. Restauratoren, auf das Beseitigen von Rissen, die Unebenheiten und die Spuren der Zeit fixiert, strebten nach vollendeter Harmonie. Der wahre Künstler hingegen versehe sein Werk mit einem kaum merklichen Makel. Werde in den übergroßen Händen des Davids von Michelangelo oder in dem Silberblick der Mona Lisa nicht die Unperfektion, die Verfehltheit der Schöpfung gefeiert? Dem Restaurator aber, dem Möchtegernkünstler, erscheine jeder Makel lediglich als Fehler, den es zu korrigieren gelte. Die Gefahr jeder Restauration sei, dass Unstimmigkeiten, die der Künstler bewusst oder unbewusst eingefügt habe, sozusagen mitrepariert würden. Kaum ein Künstler begreife sich als Gott, hingegen so gut wie jeder Restaurator. Fernández lächelte zufrieden.

Eva wollte gerade etwas sagen, doch ein Orchester spielte jetzt den Walkürenritt. Fernández zuckte zusammen. Es war, wie er kurz darauf begriff, der Klingelton von Helenes Handy, das sie mit einiger Umständlichkeit aus ihrer Handtasche zog. Sie nahm das Gespräch an und sprach unbefangen drauflos: »Ah, Mark, du bist das! Wie schön. Alles klar? Wenn du wüsstest, wo ich gerade bin … Was soll das heißen, du willst nicht fahren. Und ob du fährst … Dein Vater wird sich freuen. Du kennst ihn doch, er zeigt das halt nicht so … Er liebt dich … Das kannst du mir nicht antun. Wenn du schon seinetwegen nicht hinfährst, tu es meinetwegen … Siehst du … Nein, klar, du musst ja nicht lange bei ihm bleiben … Zwei Tage nur, mein Spatz, dann kommst du zu mir, morgen Abend fliege ich auch zurück … Siehst du … Genau … Ja, mein Engelchen, morgen mache ich mich auch auf den Weg …«

Während Helene mit ihrem Sohn Mark sprach, der unmittelbar vor dem Aufbruch aus London noch einmal an der Sinnhaftigkeit seiner Reise zweifelte, wandte sich Fernández mit einer verbindlichen Geste direkt an Eva:

ob sie gleich, und zwar alleine, wie verabredet, etwas essen gehen könnten.

»Nun ja, das könnte schwierig werden, weil …« Eva hielt inne. Sie sah einen vortragsreichen Abend vor ihrem geistigen Auge, mit umständlicher Geziertheit, die Fernández zelebrieren würde, gewiss nicht völlig unamüsant. Aber es missbehagte ihr, wie er sich gerade an dem Globus, dem Gegenstand ihrer einzigen Liebe, ereiferte. So wie der Gegenstand einst mit ihrem Mann verknüpft war, sollte er jetzt offenbar mit Fernández verknüpft werden. Die Strategie war plump und unterschätzte sie, sagte sich Eva. Sie sah ihm offen ins Gesicht, fast mit einer Spur von Feindseligkeit. Fernández lächelte resigniert, er hatte seine Niederlage akzeptiert und erwartete keine Antwort mehr. Dann sagte Eva: »Ja.«

Sie speisten in einem Restaurant, das, so stand es unübersehbar in der Karte, seit fünf Jahrzehnten von ein und derselben Familie betrieben wurde. Die gebückten Kellner brachten die Gerichte mit unkoordinierten Schritten an den Tisch. Schwere Kronleuchter hingen von der Decke, sie waren viel zu wuchtig für einen Raum mit nur acht Tischen, die sehr eng nebeneinanderstanden. Im Hintergrund liefen, allerdings leise, spanische Schlager aus den 50er- und 60er-Jahren: Es wurde von Fischern gesungen, dem Hin und Her der Liebe, von einem Stier, den es zu bändigen galt, und so weiter.

Sie sprachen über Francisco Rizi, und Fernández gestand ein, dass die zornige Madonna vermutlich nicht von ihm gemalt worden sei. Er werde dem noch nachgehen, um ganz sicher zu sein. Über seine junge Nachfolgerin im Museum, die ihn hasse, weil er es einmal gewagt hatte, ihr ein Kompliment zu machen, vielleicht ein zu forsches und eines, das eher Äußerliches betraf, nun ja, jeder sei ein Kind seiner Zeit. Über die allerneueste Renaissanceforschung, die allzu leichtfertig auf Thesen, zu wenig auf kunsthistorischen Fakten beruhe. Wieder fiel Eva auf, wie zerfurcht Fernández' Hände und sein Gesicht waren und wie wach, konzentriert und lebhaft er doch war. Eva ahnte, dass eine ähnliche Unstimmigkeit sie vermutlich selbst auszeichnete und dass sie an ihm nur irritierte, was sie an sich selbst als unheimlich empfand. Saß sie nicht vor einem erstaunlich jung gebliebenen Mann? Während er sein Kaninchen zerlegte, erzählte Fernández pointenreich seine Lebensgeschichte, wenngleich er die Angewohnheit hatte, sich in weitläufigen Exkursen zu verlieren. So erwähnte er einige rührende Begleitumstände seiner Jugend in Salamanca, kam aber wie nebenher sehr ausführlich auf den plateresken Stil der alten Universität zu sprechen, um schließlich doch noch eine Wendung zu finden, die ihn wieder ganz selbstverständlich in das kleine Haus seiner Kindheit brachte, das er mit seinem Vater, einem zeitlebens kränklichen Archivar, und seiner Mutter, einer Schneiderin, bewohnt hatte.

Eva hatte keinen rechten Begriff vom Alter. Sie sah wohl, dass all die Erlebnisse, die Verfehlungen und

Abenteuer sich mit der Zeit eingruben in ein Gesicht, dass der Rücken häufiger schmerzte und man keinen Dauerlauf mehr absolvieren konnte, aber wenig folgte daraus. Viele glaubten, im Alter gelassener zu werden, ruhiger, souveräner. Sie hatten da nicht ganz unrecht, doch wusste Eva, dass die charakterliche Entwicklung sich bei den allermeisten in einem sehr begrenzten Ausmaß vollzog. Vor allem verschärften sich mit den Jahren die negativen Eigenschaften. Sie dachte an den Ehrgeiz ihrer alternden Kollegen und die zunehmende Streitsucht von Helene, die auf ihren Wunsch, den Abend alleine mit Fernández zu verbringen, ziemlich gereizt reagiert hatte – mit einem bitteren Auflachen und der knappen Charakterisierung Fernández' als dummem Pfau.

Einige Tage später saß Eva mit Hans in ihrem Esszimmer. Das Wetter war am späteren Abend umgeschlagen. Es stürmte, die Eingangstür, verzogen und undicht, knarrte beharrlich, was dem Haus von Hans' Kindheit jene ihm vertraute, fast englische Mischung aus Geborgenheit und Unheimlichkeit verlieh.

Hans hatte ihr gerade erzählt, wie er Sebastian niedergestreckt hatte und sich seither in einer düsteren Gemütsverfassung befand, die selbst sein Schaffen als Künstler zu beeinträchtigen drohte. Die eine falsche Bewegung, hervorgerufen durch die Vermutung, einem Einbrecher das Handwerk zu legen ... Seine Statuenpose, während Julia sich entsetzt den Mund zuhielt, um einen Schrei zu unterdrücken ... Das Bild, das er abgab, ging ihm nicht mehr aus dem Kopf. Jahrelang war er bemüht gewesen, der Belanglosigkeit menschlicher Existenz einerseits mit seiner Kunst, andererseits mit einem hohen Maß an Stilempfinden zu begegnen, mit vollendeter Höflichkeit, die natürlich wirkte, mit einer Selbstsicherheit, die angeboren schien, aber wie bei seinem Vater das Ergebnis zäher Disziplin war, und nun lebte er in dem vollen Bewusstsein seiner Lächerlichkeit.

»Die Geschichte lässt sich nicht erzählen, ohne dabei ausgelacht zu werden«, sagte Hans.

»Ich habe nicht gelacht«, erwiderte Eva.

»Du hast dich zusammengerissen.«

»Wie läuft es denn jetzt mit dieser Julia?«, wollte Eva wissen.

»Schlimm.«

»Warum?«

»Sie ist jetzt überlegen. Und deshalb natürlich anziehend.« Das sei kein Zustand, dieses dämliche Verliebtsein, fügte er nach einer kleinen Pause hinzu. Der Preis sei zu hoch. Seit je sei er darauf bedacht gewesen, überlegen und damit selbst anziehend zu sein. Im Gleichgewicht seien Beziehungen nie, man müsse sich früh entscheiden.

Es war angesichts dieser seltenen Überreiztheit zwecklos, Hans mit Argumenten beizukommen, dachte Eva. Sie vermied es daher, allzu Naheliegendes zu sagen: dass Hans übertreibe, sich anstelle, dass er Luxussorgen habe. Und dass es für ihn an der Zeit sei, zu begreifen, dass er kein Kunstwerk sei. Er würde auf ihre Ermahnungen, da war sie sich sicher, uneinsichtig reagieren. Stattdessen erzählte sie selbst, von ihrer Reise nach Spanien, vom Globus, von Fernández und dem Abendessen mit ihm, das noch einen denkwürdigen Verlauf genommen hatte.

Während des Desserts hatte sich Fernández sehr laut geräuspert. Er hatte bis zu diesem Zeitpunkt nicht nur seine berufliche Karriere referiert, sondern auch von seinen zwei gescheiterten Ehen erzählt, deutlich zu detailliert, wie Eva schien, da er mit gewisser Selbstverständlichkeit auch intime Gewohnheiten seiner Partnerschaften streifte. Nun wollte er offenbar zu einem entscheidenden Gesprächspunkt vordringen und ergriff ihre Hand. In diesem Augenblick öffnete sich mit Schwung die Restauranttür, eine kleine Frau blickte sie konsterniert an, eilte an ihren Tisch, schlug mit ihrem Gehstock auf Fernández ein und rief: »Ab nach Hause!«

»Er hat eine Frau«, sagte Hans. Er lachte jetzt sogar.

»Nicht ganz«, sagte Eva. Wie sich nämlich herausstellte, war Fernández' greise und etwas verwirrte Mutter, die ihren Sohn im Alter von 14 oder 15 Jahren wähnte, ihrer häuslichen Pflegerin entwichen. Sie suchte ihren Sohn in den ihr noch vertrauten Lokalen des Viertels und erblickte ihn schließlich in der Pose des Verführers, was ihr frühreif und aufgrund des Altersunterschiedes des Paares unanständig erschien: Was er mit dieser alten

Frau wolle! Nach Hause, sofort! Sie zeigte auf den Ausgang. Dann habe sie, erzählte Eva, auch auf sie einschlagen wollen, aber Fernández habe den Gehstock im letzten Moment noch umlenken können. »Unglaublich!«, sagte Hans. »Ja«, sagte Eva.

Hans schien jetzt über die Episode eingehender nachzudenken und sagte schließlich lachend: »Die Geschichte stimmt nicht. Du hast sie erfunden, wahrscheinlich, um zu zeigen, dass auch anderen Peinliches passiert!« Eva lachte jetzt ebenfalls, wusste aber für einen Moment nicht, wie sie reagieren sollte. Denn genau so, wie sie es erzählt hatte, war der Abend mit Fernández verlaufen, aber die Unterstellung pädagogischer Raffinesse schmeichelte ihr zu sehr, um ihren Ziehsohn, der sich unverkennbar aufgeheitert zeigte, zu enttäuschen.

13

Der Bezirksbürgermeister, ein Mann mit auffallend abstehenden Haaren, hielt in der Turnhalle eine kluge Rede, die aber den Nachteil hatte, kein Ende nehmen zu wollen. Er erzählte mit weit ausholenden Armbewegungen von den berühmtesten Schülern des Gymnasiums, von Marlene Dietrich, dem Kunstsammler Heinz Berggruen und dem Physiker Kurt Mendelssohn. Zu allen hatten sich allerlei Anekdoten aus ihrer Schulzeit erhalten, Zitate anderer Schüler oder Lehrer wurden daher ausführlich verlesen. Da aber in der neuen Turnhalle, in der sich die Lehrer, Schüler und Eltern versammelt hatten, nun einmal einer der bekanntesten deutschen Nachwuchs-Architekturpreise für ebendieses Gebäude verliehen werden sollte, sprach der Bezirksbürgermeister, um eine Überleitung zu finden, außerdem über den antiken Ursprung der Schulart, das Gymnasion, wo früher Speerwerfen, Pferde- und Wagenrennen veranstaltet worden seien, was ihn zu der naheliegenden, von einem Schmunzeln begleiteten Pointe verleitete, dass diese Turnhalle (er blickte um sich), so schön sie auch sei, für derartige Akrobatik wohl nicht ganz geeignet sei. Da so gut wie jeder auf derartigen Veranstaltungen dankbar für ein fröhliches Wort ist, wurde vereinzelt gelacht, jemand applaudierte sogar, und der Bezirksbürgermeister hob noch einmal, wie ganz zu Anfang seiner Rede, hervor, nunmehr mit großem Ernst, wie sehr die Bezirksverwaltung, allen Sparmaßnahmen des Senats zum Trotz, von Anbeginn die Errichtung des Gebäudes unterstützt habe.

Sebastian saß in der ersten Reihe. Zu seiner Linken saßen seine Eltern. Sein Vater steckte in einem etwas zu engen dunkelblauen Anzug und hatte schon mehrmals ungläubig auf seine Armbanduhr gespäht. Seine Mutter trug ein Kleid, auf dem Wildrosen in unterschiedlichsten Farben abgebildet waren, mit einem großen Ausschnitt, der nicht mehr zwingend ihrem Alter angemessen war, und hatte ihrem Sohn, vor lauter Stolz ganz errötet, die Hand auf den Oberschenkel gelegt. Nachdem ihr Sebastian am Telefon beiläufig erzählt hatte, dass er ausgezeichnet werden würde, hatte sie darauf bestanden, nach Berlin zu kommen und der Preisverleihung beizuwohnen. Auf Sebastians Hinweis, dass dies womöglich etwas übertrieben sei, er auf die 40 zugehe und sich den Preis überdies mit einer jungen Kollegin teilen müsse, reagierte seine Mutter zunächst mit einem Schweigen, dann mit einem Schluchzen, schließlich mit der Frage, warum ihr Sohn nur so undankbar sei.

Zu seiner Rechten saß Caroline Finck, die junge Kollegin, mit der Sebastian das Projekt vollendet hatte. Sie steckte in einem Hosenanzug und blickte zumeist starr auf die provisorisch erbaute Tribüne, zwischendurch tuschelte sie mit ihrem und Sebastians Vorgesetzten, der nicht unelegant mit seinem übergeschlagenen rechten Bein wippte. Er trug etwas auffällige, orangefarbene Kniestrümpfe, seine Füße steckten in braunen, spitz zulaufenden Slippern, die sehr glänzten.

Sebastian, zwar ohne Krawatte, aber mit einem neu erstandenen, beigefarbenen Anzug, in dem er sich ein klein wenig gefangen fühlte, spielte an seinem Bart. Er dachte an die vergangenen Monate. Die Streitereien über die Turnhalle ... Er hatte bald begriffen, dass ein Kompetenzgerangel mit seiner Kollegin nutzlos war. Sein Chef scherzte mit ihr im Kreis von Kollegen, bis sie verschämt auflachte, speiste mit ihr fast täglich zu Mittag, und einmal, offenbar in einem selbstvergessenen Moment, fuhr er ihr im Großraumbüro sogar flüchtig durch die Haare, was Caroline jedoch mit einer hektischen Geste unterband. Da sein Chef früher auch den jungen Männern im Büro mehrdeutige, auf Äußerlichkeiten bezogene Komplimente gemacht hatte, war Sebastian bislang davon ausgegangen, dass dieser mit Frauen nichts anfangen könne, offenbar war dessen Betätigungsfeld in dieser Hinsicht zumindest größer, als er gedacht hatte.

Sebastian, in der Situation, es sich keineswegs mit seiner Kollegin verscherzen zu können, hatte sich untergeordnet, und zu seiner Überraschung fühlte er sich dabei nicht unwohl, fast ein wenig befreit. Alle Unannehmlichkeiten, die nicht enden wollenden Diskussionen mit den Eltern, der Lehrer- und Schülerschaft, alle Auseinandersetzungen mit dem Senat und der Bezirksverwaltung hatte Caroline übernommen, die das Talent besaß, mit dem allergrößten Verständnis auf die Interessengruppen einzugehen, um sich aber dann (niemand wusste hinterher genau, wie ihm geschehen war) mit ihrem Anliegen voll und ganz durchzusetzen. Dank Caroline hatte die Turnhalle letztlich nicht nur das Glasdach, nicht nur eine Backsteinfassade, sondern sogar die Spinde aus Erlenholz erhalten.

In der heißen Phase des Projekts war ihm Caroline einmal in der No-Bar begegnet. Sebastian war mit seinem Freund Per Heisig dort und besprach am Tresen einmal mehr bei allerlei Getränken die Entzweiung mit Julia und sein Randalieren in ihrer Wohnung. Da die besagte Nacht sich nach einem früheren Treffen der Freunde ereignet hatte, versuchte sich Sebastian, so gut es ging, ein möglichst vollständiges Bild des Abends zu machen. Aber vergeblich! Mehr, als dass er vor seinem Aufbruch siegesgewiss, ja fast euphorisch gewesen war, sich mit Julia wieder zu versöhnen, konnte ihm Per nie mitteilen. Die Bar war nicht mehr allzu gut besucht, es war spät geworden. Der Wirt, ein nicht mehr sonderlich junger Mann mit einem Nasenpiercing und bunten Tätowierungen auf seinen Armen, stellte mit betonter Gleichgültigkeit die zwei Gin Tonic vor die Gäste. Per suchte die Toilette auf, kurz darauf tippte jemand an Sebastians Schulter.

Sie sah hübscher aus als im Büro, die Unausgewogenheit ihrer Gesichtszüge entfaltete im Dämmerlicht, wie sich Sebastian sagte, einen besonderen Reiz: der Bubikopf, die etwas zu kleine Nase, die übergroßen Augen. Jetzt galt es, etwas Geistreiches zu sagen, und Sebastian sagte: »Wie geht's?«

»Super!«, antwortete Caroline. Sie sei mit zwei Freundinnen da und zeigte auf einen Tisch an der Fensterfront der Bar.

»Verstehe«, sagte Sebastian.

»Ich habe dich gerade erst gesehen. Bist du schon lange hier?«

Sebastian nickte: »Ja.« Dann fiel ihm nichts mehr ein. »Na dann«, sagte er.

»Also bis morgen«, sagte Caroline nach einer Pause.

»Bis morgen«, sagte Sebastian.

Am nächsten Morgen kam ihm Caroline unterkühlt vor, sie reichte ihm schweigend Skizzen herüber, schaute durch ihn hindurch, wenn es etwas abzusprechen galt, zog sich ansonsten für Stunden wortlos hinter ihren Monitor zurück. Offenbar, sagte sich Sebastian, hatte er am Vorabend doch Eindruck auf sie gemacht. Jetzt war sie verwirrt.

Wenige Tage darauf durchforstete Sebastian nach einer längeren Abstinenz sein soziales Netzwerk nach neuen Einträgen von Bekannten. Charlotte, seine Bekanntschaft aus Paris, hatte ihm eine Nachricht geschrieben:

Sie hätte nicht gedacht, dass es mit dem wenigen, was sie über ihn wusste, so leicht sei, ihn im Netz zu finden. Ob alles okay sei. Sebastian wollte gleich zurückschreiben, verschob das Vorhaben aber auf später. Er hatte nach einer besonders originellen Wendung gesucht, sie war ihm aber nicht sogleich eingefallen.

Alles geschah genau so, wie es ihm Per Heisig vorausgesagt hatte, dachte Sebastian. Erst wenn die Trauerzeit abgeklungen sei, würden sich neue Möglichkeiten eröffnen – dann aber ganz rasant! Insgeheim, hatte Per gesagt, spürten die Frauen, wenn man noch nicht bereit sei für Neues, wenn man Altem anhänge. Sie mieden mit der größten Treffsicherheit die Liebeskranken, die wahllos umherflirteten, um ihren Schmerz zu lindern.

Eine Woche vor der Preisverleihung hatte Sebastian einen Anruf von Emma, seiner einstigen WG-Mitbewohnerin, erhalten. Er zögerte dranzugehen, denn es hatte ihn sehr getroffen, dass sie sich nach seiner Trennung ausschließlich Julia zugewandt hatte. Er hatte ihr in mehreren E-Mails ausführlich dargelegt, wie schlecht es ihm gehe, doch hatte sie einfach nicht geantwortet. Jetzt, Monate später, fragte sie ihn, ob sie am Abend spontan vorbeikommen könne, Karl sei mit dem Töchterchen bei seinen Eltern, sie habe sich nicht früher melden können.

Sebastian war sich nicht ganz sicher, ob dies eine gute Idee war. Emma würde, auch da sie zu Indiskretion neigte, allerlei von Julia erzählen, was seinen jetzt doch halbwegs gefestigten Zustand angreifen könnte. Er war wohl neugierig, wie es seiner Exfreundin ergangen war, aber ihre letzte SMS, nachdem er nach Monaten der Trennung freundlich einen Kaffee vorgeschlagen hatte, war derart grob ausgefallen, dass jeder Gedanke an sie ihn leicht verbitterte. Sebastian sagte: »Ja, klar, komm vorbei! Ich freue mich.«

Als er die Wohnungstür öffnete, stand Emma mit ausgebreiteten Armen vor ihm und umarmte ihn energisch. In der Küche, die sie zielsicher ansteuerte, zog sie eine Rotweinflasche aus ihrer Handtasche. Sebastian sagte, er sei eben erst nach Hause gekommen und habe es nicht geschafft einzukaufen. Er könne aber rasch hinunter in den Supermarkt und zwei Steaks oder so … Emma sagte, das mache nichts, sie habe eh keinen Appetit, Hauptsache, sie hätten etwas Zeit, um zu quatschen. Sie setzte sich an den Tisch, fuhr sich durch die roten Locken, dehnte sich und sagte laut: »Ach, so schön, dich einmal wiederzusehen.«

Dann gratulierte sie ihm zum Preis. Woher sie denn davon erfahren habe, wollte Sebastian wissen. Sie habe neulich an ihn gedacht und gegoogelt, sagte Emma. Schön, wie die Auszeichnung auf der Seite seines Architekturbüros angekündigt werde. Er solle nur bei Gelegenheit einmal sein altes Foto austauschen lassen. Darauf sehe er aus wie ein Schuljunge und nicht wie ein erwachsener Mann. Sie blickte ihn eine Spur zu lange an. Sebastian kratzte sich an der Stirn, unschlüssig, was er erwidern sollte. Er blickte zur gegenüberliegenden Wohnung. Jetzt hatte ihn auch der Alte registriert, winkte ihm fröhlich zu und zeigte mit gespielter Dramatik auf die Bücher, die sich auf seinem Küchentisch stapelten und offenbar von ihm abgearbeitet werden mussten. Dann versank er in seinen Notizen.

Ein einziges Mal waren sich Emma und Sebastian während ihrer gemeinsamen WG-Zeit eingehender nähergekommen. Es war zwischen zwei noch ganz von Unklarheit beherrschten Begegnungen mit Julia geschehen. Mitten in der Nacht hatte es an seiner Zimmertür geklopft. Es musste gegen drei Uhr morgens gewesen sein, Emma war unerwartet von ihrem Freund Karl, wo sie eigentlich übernachten wollte, zurückgekehrt. Sie hätten sich, rief sie durch die Zimmertür, gestritten und sie müsse mit ihm, mit Sebastian, bitte, bitte sofort in der Küche darüber sprechen.

Sebastian, der den Bericht eines dramatischen Ereignisses erwartet hatte, schlüpfte in ein T-Shirt und eine Jeans und setzte sich gähnend zu ihr an den Küchentisch. Emma machte allerlei fahrige Handbewegungen, hatte Schluckauf, sagte zum Streit bloß, Karl sei so langweilig, und fragte schließlich, ob er sie ins Bett bringen könne. Sie habe zu viel getrunken, ein schlimmer Abend. Sie stand vom Küchentisch auf und wankte ein bisschen. Sebastian ergriff ihren Arm, führte sie in ihr Zimmer, setzte sie aufs Bett, wünschte ihr eine gute Nacht, wandte sich um, aber da zog sie ihn mit erstaunlicher Kraft zu sich, zog ihm das T-Shirt aus und suchte mit groben, gierigen Handgriffen nach dem Verschluss seiner Jeans. Sebastian versuchte sie zunächst abzuwehren, was Emma allerdings nur noch mehr befeuerte. Sie warf ihn mit Wucht auf den Rücken, legte sich auf ihn, drückte seine Arme auf die Matratze und sagte: »So ein schlimmer Junge, sich so in mein Zimmer zu schleichen!«

So war also eins zum anderen gekommen.

Am nächsten Morgen saßen sie mit dem französischen Sänger, ihrem Mitbewohner, in der Küche. Der Franzose biss grinsend in ein Brötchen. Nachdem sie laut über Kopfschmerzen geklagt hatte, guckte Emma Sebastian, zu seiner Verwunderung, vorwurfsvoll an.

Das war mehr als sechs Jahre her, und die beiden hatten aus vielfältigen Gründen davon abgesehen, auf das Ereignis noch einmal zu sprechen zu kommen. Wie es Julia gehe, wollte Sebastian wissen.

»Ganz gut«, sagte Emma. »Hans hat eine Schaffenskrise. Für beide keine leichte Situation.«

Sebastian nickte. »Aber sie sind glücklich, so insgesamt?«

»Aber ja!«, erwiderte Emma, sie glaube schon, natürlich nicht immer, es gebe Aufs und Abs wie bei allen.

»Und bei dir, mit Karl und eurer Tochter?«

»Ich soll dich von ihm grüßen«, sagte Emma. Und nach einer Pause: »Soll ich Julia etwas ausrichten?«

»Nein, nein«, wehrte Sebastian ab.

»Du weißt, ich habe immer gesagt, dass ihr so gut zueinanderpasst.«

»Alles wegen des Malers. Nur wegen des Malers«, sagte Sebastian resigniert.

»Ach, dieser Maler!«, sagte jetzt Emma mit einer wegwerfenden Handbewegung. »Ich glaube ja, ihr solltet wieder zusammenkommen. Irgendwann jedenfalls. Ich fand immer, ihr seid das ideale Paar. Einfach perfekt.«

Genau einen derartigen Verlauf des Gesprächs hatte Sebastian befürchtet. Er überlegte, ob womöglich Julia Emma darum gebeten hatte, für sie die Lage zu sondieren, doch hielt er das für wenig wahrscheinlich. Ihre Abneigung ihm gegenüber hatte sich so lebhaft gezeigt, und auch er war sich doch einigermaßen sicher, dass es keinen Zweck mehr mit ihr hatte. Weshalb es ihm, sagte sich Sebastian, egal sein könne, wie Emma die Sache beurteile und ob sie ihn in der Rolle einer Vermittlerin aufgesucht habe. Andererseits, wenn Julia sich nur nicht traute … Aber an dieser Stelle drohten seine Überlegungen paradox zu werden, und da doch jetzt alle heiklen Gesprächsfelder abgehandelt waren, kamen Emma und Sebastian endlich auf weniger Verfängliches zu sprechen, auf ihre Wohngemeinschaftszeit, den französischen Sänger, der zwischenzeitlich eine ungeheure Karriere gemacht hatte, vor allem mit französischen Liedern über Berlin. Es gab kaum eine Taxifahrt, auf der nicht aus dem Radio seine schmachtende Stimme zu hören war.

»Schön, dass du da warst«, sagte Sebastian am Ende des Abends. »Ja«, sagte Emma, »aber ich glaube, ich habe etwas zu viel getrunken.«

»Ein Glas Wein. Nicht mal!«, sagte Sebastian aufrichtig erstaunt. Emma rollte demonstrativ mit den Augen, stand auf und wankte jetzt. Das war ein eindeutiger Blick, eine zweifellose Geste. Sebastian fragte zögerlich, ob sie vielleicht ein Glas Wasser wolle.

Nach dem Bezirksbürgermeister sprach die Schulleiterin, auch recht lange, da sie, kein leichter Gegenstand, über den Sinn und Zweck des Sportunterrichts im Allgemeinen und der Harmonie von körperlicher und geistiger Tätigkeit im Besonderen räsonierte. Es folgte eine kurze Einlage des Schulorchesters. Gespielt wurde in großer, den einen oder anderen Musikanten überfordernder Geschwindigkeit der fünfte »Ungarische Tanz« von Johannes Brahms. Dann trat die Schülersprecherin ans Mikrofon, dann ein Elternvertreter, schließlich der Juryvorsitzende und Stifter des Architekturpreises, ein Bauunternehmer mit hoher Stirn, der zum ausgezeichneten Gebäude nichts weiter sagte, aber zwei Briefumschläge in die Höhe streckte, die zwei Preisträger auf die Bühne bat und ihnen die Schecks über je 2500 Euro überreichte. Als Sebastian und Caroline sich in den Applaus hinein verbeugten, hatte sich das Schulorchester wieder positioniert und spielte jetzt einen weiteren »Ungarischen Tanz«, den ersten und melancholischen, der jede Aufmerksamkeit von ihnen abzog.

Nach einem Umtrunk in der Turnhalle begab sich die kleine Feiergesellschaft, Sebastian und Caroline, ihr gemeinsamer Chef, Herr und Frau Warncke, auf Einladung des Preisstifters in ein nahegelegenes Wirtshaus, das mit seiner dunklen Holzvertäfelung vor allem den Eltern von Sebastian sehr zusagte. Etwas ganz Ähnliches, sagte Herr Warncke, gebe es auch in Remagen. Während man vor den großzügig beladenen Tellern, allerlei in dunkler Biersoße schwimmendem Fleisch, saß, kniff Sebastians Mutter ihrem Sohn in die Wange und sagte, um einen Scherz zu machen: »Mein Löwe!«

Sebastians Chef lächelte gutmütig, Caroline blickte starr auf ihren Lammrücken, Herr Warncke sagte, er habe einen Riesenhunger. Der Preisstifter aber, von unbedarftem, geselligem Gemüt, hob seinen Bierkrug und rief so laut, dass es auch an allen anderen Tischen des Lokals deutlich vernehmbar war: »Auf das Preispaar!«

14

Werner Kerst begrüßte seinen Sohn, der mit Krücken und einem eingegipsten Bein vor ihm stand, für seine Verhältnisse beinahe überschwänglich, indem er ihn, wenngleich nur kurz, in den Arm nahm. Seine Exfrau Helene hatte ihn vom Krankenhaus abgeholt, stand jetzt im Wohnungsflur und wollte sich gerade ihre Jacke abstreifen, als Kerst mit nervösen Schritten zu ihr eilte. Es sei so nett, sagte er, dass sie Mark vorbeigebracht habe. Er, Kerst, melde sich morgen, wenn sie ihn wieder abholen könne. »Also bis dahin!« Er hielt ihr lächelnd die Wohnungstür auf.

Helene, die Grobheit ignorierend, wandte sich an ihren Sohn: »Du meldest dich, wenn was ist!«

»Was soll schon sein!«, rief Mark gereizt.

Kerst sagte: »Nun sei nicht so zu deiner Mutter!«

Helene: »Auf deinen Beistand kann ich verzichten!«

Kerst: »Man kann es dir nicht recht machen.«

Mark: »Ich will sofort zurück nach London!«

Kerst sagte, das komme nicht in Frage, man sehe sich

so selten. Er freue sich, dass Mark da sei. Kerst schloss die Tür, atmete hörbar auf und sagte, jetzt gebe es erst einmal etwas zu essen.

Mark schrieb auf seinem Smartphone schweigend einige Nachrichten, während Kerst zwei Tiefkühlpizzen von den Kunststofffolien befreite und in den Herd schob. Erst kürzlich hatte Kerst zu seiner Überraschung von Helene erfahren, dass Mark einen Freund hatte. Genauer: einen Freund im Sinne von Lebensgefährten. Helene hatte das am Telefon ganz nebenher erwähnt, wie eine Selbstverständlichkeit. Die Veranlagung seines Sohnes war Kerst verborgen geblieben. Klar, Mark hatte ihm auf Skype ab und an von diesem Chinesen erzählt, aber Kerst hatte nicht geahnt, was genau er mit »Freund« meinte, wenn er von seinem Freund sprach. Jetzt war es Kerst natürlich unmöglich, die Angelegenheit als Neuigkeit anzusprechen. Mark musste doch denken, dass ihn Helene längst eingeweiht hatte. Das hatte sie aber nicht. Oder hatte sie es doch vor Jahren einmal? Kerst war sich nicht sicher. Vielleicht hatte er es schlicht vergessen. Oder seinerzeit geglaubt, sie hätte ihn angelogen, wie so oft, wenn es um ihren Sohn ging. Andererseits, stimmte schon, er hätte auch selbst darauf kommen können, sagte sich Kerst. Mark hatte ihm ja nie eine Freundin vorgestellt. Dann wieder dachte er, das hätte für ihn kaum ein Indiz sein können. Ihre Beziehung hatte nie auf falschen Rührseligkeiten beruht. Niemand, sagte sich Kerst, könne von ihm verlangen, über alle Einzelheiten aus dem Leben seines Sohnes informiert zu sein.

»So. Fertig!«, sagte Kerst, reichte ihm den Teller mit der Pizza Salami. Mark hob mit der Gabel eine Wurstscheibe nach der anderen an und beförderte sie zum Tellerrand. »Du bist Vegetarier geworden?«, fragte Kerst verblüfft, dankbar für ein Gesprächsthema. »Seit ich 13 bin«, sagte Mark. »Richtig!«, sagte Kerst laut, er sei ein Schussel.

»Wie läuft's mit dem Studium?«, fragte Kerst.

»Gut«, sagte Mark.

»Und mit diesem Chinesen? Deinem Freund?«

»Kim. Er ist Koreaner. Ganz okay. Er muss viel arbeiten.«

»Schmeckt's?«, fragte Kerst.

»Ja.«

»Das freut mich.« Er habe noch eine Nachspeise besorgt, sagte Kerst, stand auf, öffnete den Gefrierschrank und griff nach einer Packung Speiseeis, auf der in geschwungener Schreibschrift »Nach Fürst-Pückler-Art« stand, nahm den Deckel ab und stellte sie auf den Küchentisch. »Das hast du als Kind immer besonders gern gegessen.«

»Ja, als Kind«, sagte Mark.

Als es dämmerte, blickte Mark durch das Fenster auf die gegenüberliegende Häuserwand. In einer der erleuchteten Wohnungen saß Sebastian Warncke vor seinem Notebook. »Da!«, sagte Mark und zeigte mit dem Finger auf den Nachbarn. Kerst drehte sich zum Fenster, sah ihn jetzt auch, sagte: »Ach, der …« Er glotze ständig in seine Küche hinein, unmöglicher Mensch. Vorhänge müsse man haben.

»Ja«, sagte Mark, »unmöglicher Mensch«, und klärte Kerst erregt darüber auf, woher er ihn kannte. Sebastian, der Mark nun seinerseits entdeckt hatte, stellte sich – er trug noch immer seine blaue Kunststoffschiene – ans Fenster, stemmte die Hände in die Hüften und schüttelte ungläubig den Kopf.

Kerst, der einen Sinn für Zufälle hatte (die gesamte Literatur, mit der er sich zeitlebens beschäftigte, bestand nur aus unwahrscheinlichen Begebenheiten), war jetzt ganz belebt, er lachte seinen Sohn herzhaft an, was diesen sichtlich irritierte. An Wetzlar würde er heute eh nicht mehr arbeiten können, sagte sich Kerst, morgen vermutlich auch nicht, und da Geselligkeiten erst dann erträglich wurden, wenn ihnen eine Bösartigkeit unterlegt war, öffnete er kurzentschlossen das Fenster und lehnte sich hinaus in die Abendluft. Sebastian tat augenblicklich dasselbe. Kerst rief: »Kommen Sie auf ein Glas Wein vorbei!« Sebastian schaute ihn mit einem Stirnrunzeln an, sagte: »Aber jetzt …« Kerst: »Na klar, jetzt. Bei Kerst klingeln. Bis gleich.«

Ob er bei klarem Verstand sei, wollte Mark wissen. Er versuchte gerade mit einem Löffel in die Fürst-Pückler-Mischung einzudringen, aber sie war noch zu fest. Sein Vater fragte, wie er das meine. Den Vollidioten hierherzurufen, sagte Mark laut. Er habe, versetzte Kerst wie verblüfft, doch nur freundlich sein wollen. Schließlich hätten sie sich das Zimmer geteilt, das gleiche Schicksal sozusagen, da sei das eine Selbstverständlichkeit. »Freundlich?«, fragte Mark mit einem Ausdruck äußerster Entgeisterung. Da klingelte es auch schon an der Tür.

Kerst stellte Weingläser auf den Tisch. Mark sagte: »Für mich nur wenig.« Er sei noch beim Eis. Außerdem schmecke ihm Alkohol einfach nicht. Kerst schaute, während er sich behaglich zurücklehnte, wohlwollend auf die beiden jungen Männer, die ihm gegenübersaßen, und sagte: »Was für ein Zufall!« Sein Sohn: Derlei komme vor. Sebastian, nach einer Pause: Woran er, Kerst, eigentlich die ganze Zeit arbeite. Diese nächtliche Konzentration …

Vor Marks innerem Auge zog der Verlauf der kommenden Stunden vorüber: Kerst würde über Hannes Maria Wetzlar dozieren, mit einer ihm ansonsten vollständig abgehenden Begeisterung. Ein Glas Weißwein nach dem anderen würde er trinken, sich verlieren in literaturhistorischen Details, lachen über Pointen, die nur er verstünde, zitieren aus irgendwelchen Briefen. Kerst hatte seinem Sohn ein derartiges Schauspiel schon mehrmals dargeboten, eine weitere Vorstellung schien ihm jenseits des Zumutbaren.

Kerst faltete für einen Moment die Hände ineinander, sagte: »Nun, ich arbeite an Hannes Maria Wetzlar.«

»Dem Schriftsteller?«, fragte Sebastian.

Kerst nickte heiter. Er kannte ihn also. Nicht selbstverständlich, sagte sich Kerst. Heute sei man doch über jeden froh, der Montaigne nicht für eine Käsesorte halte! Mark verschränkte die Arme, blickte an die Decke, sagte: Er müsse sich leider entschuldigen, er sei so müde.

Kerst: »Ich habe das Gästezimmer vorbereitet.«

Mark: »Ich finde es allein.«

Sebastian kratzte sich an der Stirn.

Er solle sich das abgewöhnen, sagte Mark und griff nach seinen Gehstöcken.

»Was?«, fragte Sebastian.

»Die Kratzerei.« Es sei nicht zum Aushalten.

Als Sebastian Mark von seiner Küche aus entdeckt hatte, war er noch wenige Tage krankgeschrieben, an das Randalieren in Julias Wohnung dachte er nicht mehr allzu häufig. Ab und an war sein Freund Per vorbeigekommen, der seinen umfassenden Selbstzweifel, zu dem er damals verstärkt neigte, als völlig unbegründet zurückwies. Derlei Zuspruch tröstete Sebastian, obgleich er seinem Freund kein Wort glaubte.

Sebastian ahnte schon, weshalb ihn sein Nachbar so interessierte, warum er den Alten so gern beobachtete. Es war die Beharrlichkeit, mit der er an einem Gegenstand arbeiten konnte, der ihn vollständig einnahm. Ausgerechnet die Versunkenheit des Alten erinnerte Sebastian an seine Jugend und Studienzeit – im Nachhinein, damals hatte er es nicht so gesehen, wohl die beste Zeit seines Lebens: all die vor ihm liegenden Möglichkeiten, die architektonischen Meisterwerke, die unter seiner Regie entstünden, die Frauen, die er noch kennenlernen würde. Er war endlich Remagen entkommen, dieser Kirmes- und Karnevalswelt mit ihren Rhein- und Weinfesten, auch der jede Vernunft überschreitenden

Fürsorge seiner Mutter, die ihm zum Abschied einen schweren, ziemlich aus der Zeit gefallenen Pullover mit Längsstreifen in der Boutique des kleinen Ortskerns gekauft hatte, da er ja in den kalten und windigen Osten des Landes musste.

Er spazierte damals durch Berlin wie früher Provinzler durch Paris, mit einer naiven Begeisterung für renovierungsbedürftige Straßen in Neukölln, schäbige Straßencafés, abbruchreife Clubs, für die halbseidenen Gestalten des Nachtlebens, für Erstsemesterinnen, die, noch pausbäckig, immer in ganzen Gruppen in die Bars strömten. Er las damals allerlei Architekturgeschichtliches, zum Beispiel Wilfried Kochs *Baustilkunde*, das dicke Standardwerk, das ihn von der Antike bis in die jüngste Zeit vertraut machte mit dem Antlitz der Welt, das er bald schon mitgestalten würde als herausragender Vertreter seiner Zunft. So wie Sebastian einst in Kochs *Baustilkunde* blätterte und darin allerlei Anstreichungen machte, saß Kerst vor seinen Manuskripten. Und so alt sich Sebastian nunmehr fühlte durch die ihn beschämende Trennung und seine beruflichen Zwänge, so jung schien ihm Kerst, der offenbar ganz seiner Bestimmung gemäß vor sich hin lebte.

Nachdem Mark sich zurückgezogen hatte, sagte Sebastian, er habe Wetzlars *Kleine Geschichte vom Straßenlärm* als Schullektüre gehabt. Er erinnere sich nur noch ungenau, wenig Handlung, nicht wahr? Aber viele Bilder, sehr genaue Beschreibungen von Lokomotiven und

Autos, von Hochöfen und Dampfmaschinen. »Ja«, sagte Kerst, kaum Handlung. Handlung werde heute überschätzt. Dabei sei nichts einfacher, als einen Plot zu erfinden, umso schwieriger sei es, einen Gegenstand zu beschreiben oder einen Charakter zu fassen. Viel habe er nicht von Wetzlar gelesen, sagte Sebastian. Vom *Straßenlärm* abgesehen habe er einmal *Die heisere Wärterin* angefangen. »Ein nicht ganz einfaches Buch! Sein letztes«, sagte Kerst und hob den Zeigefinger. Obgleich er der weltweit beste Kenner des wetzlarschen Werks überhaupt sei, müsse er einsehen, auch ihn überfordere es. 300 Seiten lang der sprunghaften, auf kokette Weise unpointierten und dilettantischen Perspektive einer lungenkranken Museumswärterin zu folgen … avantgardistische Rollenprosa, Antiliteratur, völlig unlesbar.

Dann erzählte Kerst, wie er Wetzlar, seinen Promotionsgegenstand, einst kennengelernt hatte. Der Schriftsteller lebte mit seiner Haushälterin in einer kleinen, abgeschiedenen Hütte im Alpenvorland, litt seit seinem 30. Geburtstag unter schwerem Rheuma und galt als äußerst menschenscheu. Fünf Briefe hatte Kerst ihm geschrieben, sehr lange, mit klugen Anmerkungen zu seinen Büchern, in der Hoffnung, dass er ihn zu einer Lesung in München bewegen könne, wo Kerst mit seiner dritten Frau Helene lebte, bevor ihn der Ruf nach Berlin ereilte. Als er an eine Antwort nicht mehr geglaubt hatte, erreichte Kerst eine Postkarte, auf der wenig stand: ein Datum, eine ungewöhnliche Uhrzeit, nämlich sechs Uhr morgens, und ein kleines »W« als Unterschrift.

Kerst übernachtete in einer nahegelegenen Pension. Die Anreise war schwierig gewesen, er musste mit seinem Wagen durch Schneegestöber fahren. Das Zimmer war völlig unbeheizt, das Fenster undicht, der alte Kachelofen unbenutzbar. In der obersten Nachttischschublade lag eine stockfleckige Bibel. Am nächsten Morgen, es war noch dunkel, Kerst benötigte eine Taschenlampe, der beschwerliche Weg hinauf zur Hütte. Sie lag auf einer Anhöhe. Kerst rutschte im Schnee dreimal aus, riss sich beim zweiten Sturz die Hose auf und zog sich beim dritten eine kleine Schürfwunde am Knie zu. Er war außer Atem und verschwitzt, als er endlich vor der Holztür der Hütte stand.

Die Haushälterin, eine wortkarge Alte mit Dutt, führte ihn zum Schriftsteller. Der saß in Wolldecken eingehüllt vor einem nahezu leeren Schreibtisch und begrüßte den Besucher mit einer ausgesucht kraftlosen Handbewegung. In dem Zimmer standen ansonsten nur ein schmales Holzbett, ein Kleiderschrank und zwei Bücherregale. Wetzlar, klein und schlank, lichtes Haar, damals knapp 80, hustete sehr lange, wischte sich unschön über den Mund und sagte, es sei gut, dass Kerst gekommen sei. Wenn er schon eine dieser Lesungen mache, müsse er sich vorab ansehen, wer ihn moderiere. Ob er, Kerst, ein, zwei Sätze sagen könne. Er musterte den Gast nun mit trüben, aber neugierigen Augen. Kerst sagte, er freue sich auf die Lesung in der Universität.

»Schön«, sagte Wetzlar überraschend kraftvoll, er werde am siebten Mai da sein. Dann schwenkte er eine kleine Handglocke. Kerst zuckte erschrocken, die war ihm nicht aufgefallen. Die Haushälterin riss die Tür auf und wies ihn nach draußen.

Die Lesung war ein voller Erfolg und wurde in den Feuilletons als Großereignis gefeiert. 15 Jahre lang hatte Wetzlar die Öffentlichkeit gemieden, auf einmal stellte er seinen neuen Roman *Die heisere Wärterin* vor.

»Eine große Sache«, sagte Sebastian.

»Na ja«, sagte Kerst mit gespielter Bescheidenheit. »Lange her. Über 20 Jahre.« Er könne sich kaum noch erinnern. Aber es stimme schon, alle seien begeistert gewesen. Wenn er zurückdenke: einer der schönsten Abende seines Lebens.

»Was für ein Teufelskerl, was?« Kerst war strahlend zu seiner Frau Helene an den Stehtisch getreten. Gebutterte Brezeln standen nach der Lesung bereit. Wetzlar war bereits ins Hotel gebracht worden, unmittelbar nach dem Signieren einiger Bücher. Er hatte sich trotz der flehentlichen Blicke seiner Anhänger beharrlich geweigert, an einem Abendessen, das man zu seinen Ehren vorbereitet hatte, teilzunehmen. Da zwei Studentinnen partout nicht aufgeben wollten und noch eine Weile gestikulierend auf ihn einsprachen, hatte er sogar das Weltende beschworen, wenn man nicht augenblicklich von ihm ablasse. »Finger weg!«, hatte er noch geschrien.

Helene lachte: »Mensch, was für ein Kauz!« Sie habe auf der Lesung kaum ein Wort verstanden, Wetzlar habe schrecklich genuschelt, und dann dieser ständige Husten. »Über den hast du promoviert?«, sagte sie noch scherzhaft. Kerst versteinerte. »Nichts verstanden«, wiederholte er. Dann stellte ihm Helene eine Kunsthistorikerin namens Eva Hersohn vor, die sie selbst gerade erst kennengelernt hatte. Graue Maus, dachte Kerst. Ob sie vielleicht auch nichts verstanden habe. Eva antwortete nicht, trat nur ungläubigen Blickes einen Schritt zurück. »Nichts verstanden!«, rief Kerst laut in den Raum hinein und streckte sogar kopfschüttelnd die Arme in die Höhe. Mehrere Gäste drehten sich um, vermuteten ein scherzhaftes Gebaren und lachten ihn freundlich an.

Kerst war an dem Abend, trotz der aufgeregten Beruhigungsversuche seiner Frau, nicht mehr in Stimmung zu bringen. Die Lobhudeleien seiner Kollegen, die ihm schulterklopfend zur Moderation gratulierten, empfand er als durchsichtige Schleimerei. Die Journalisten, die mit ihm noch ins Gespräch kommen wollten, als Parasiten der Kunst, und das sagte er ihnen auch. Kerst verabschiedete sich mit einer knappen Handbewegung von Eva und Helene. Seine Frau fragte noch, wohin er denn gehe, was das solle. Kerst antwortete nicht und suchte, was er seit Jahren nicht getan hatte, die erstbeste Eckkneipe auf, setzte sich an den Tresen, bestellte ein Weißbier und einen Schnaps und noch zweimal dasselbe. Er hatte sich manchmal einfach nicht im Griff.

Nachdem er Sebastian eine äußerst verkürzte Version des besagten Abends serviert hatte, schreckte Kerst auf. Seine zweite von drei Frauen hatte für einen Moment ihren Kopf in die Küche gestreckt und ihn fragend angeschaut. Das hatte ihn irritiert. Was hier so rieche, fragte Sebastian stirnrunzelnd und blickte um sich. »Moschus«, sagte Kerst rasch. Die Nachbarin über ihm. Ein strenges Parfum. Es dringe durch die Wände wie alles, ein altes Haus.

15

Bereits an dem Tag, als er Sebastian in die Klinik gebracht hatte, versuchte sich Hans – auch um möglichst schnell das ihn demütigende Ereignis zu vergessen – an einem Bild mit einer Schar von Raben, die wild im Sand herumpickten wie an einem Kadaver. Das Meer im Hintergrund war spiegelglatt, die Emsigkeit der Tiere musste ja nicht noch durch ein Naturschauspiel bestärkt werden. Als er vom halbfertigen Bild zurücktrat und es, wie es seine Angewohnheit war, völlig gedankenleer einige Minuten betrachtete, keimte in ihm nicht wie sonst ein kreativer Impuls, der dem Werk zur letzten Raffinesse verhalf (zumeist eine Idee, das Arrangement der Tiere betreffend oder ein Detail am Fell oder an den Federn), sondern ein Zweifel grundsätzlicher Natur.

Raben! Das Motiv schien doch sehr verbraucht: der Aasfresser mittelalterlicher Hinrichtungsstätten, der Todesbote eines Poe-Gedichts, das heilige Tier des Apoll. Er sah vor seinem geistigen Augen bereits den dümmlichen Katalogtext zu seiner Ausstellung, irgendein Journalist würde genau diese Verbindungslinie zur Kulturgeschichte ziehen, antike, mittelalterliche und moderne Bezüge zu einem assoziationssatten, aber unpräzisen Beitrag verrühren.

In seinen intuitiven Schaffensprozess mischten sich neuerdings exzessive Reflexionen über die Motive, ihren unbeabsichtigten Symbolgehalt und ihren kunsthistorischen Hintergrund. Hans zweifelte zunehmend an seinen Arbeiten. Sogar sein Entschluss, ausschließlich Tiere zu malen, war ihm für eine Weile fragwürdig erschienen. Die vielleicht besten Bilder, die Hans Weinling je gemalt hatte, würde die Welt niemals zu sehen bekommen, da er sie zur Sperrmülldeponie gefahren hatte. Über Wochen hatte er das Experiment gewagt, Porträts von Wissenschaftlern anzufertigen. Berühmte Fotos, etwa von Sigmund Freud (das mit der Zigarre), von Albert Einstein (das mit der ausgestreckten Zunge), von Marie Curie (das, auf dem sie sich mit der linken Hand an die Schläfe fasst) hatte er zur Vorlage genommen und kaum merkliche, eigentlich nur durch den Transport von einem Medium ins andere hervorgerufene Gemütsveränderungen waren mit einem Mal sichtbar geworden. Madame Curie, vielleicht durch nichts weiter als eine winzige Vergrößerung ihrer Lippen, wirkte nicht mehr nachdenklich und unterkühlt rational, sondern sinnlich, ja fast lasziv, eine Bardame. Albert Einstein, vielleicht nur durch die minimal vergrößerten Tränensäcke, hatte nichts Fröhliches, nichts Freches mehr an sich, eine Trauer, dem Entsetzen nahe, lag jetzt in seinem Gesicht. Freuds rechte Augenpartie, die auf der Fotografie verschattet war und ihm etwas Dämonisches verliehen hatte, war auf dem Gemälde aufgehellt. Und schon zeigten sich der Schalk, die unbändige Lustigkeit in seinem Blick, die auf der Vorlage ganz verborgen gewesen waren.

Hans hatte vor diesen Porträts gestanden wie vor den Werken eines Fremden. Er sah wohl das handwerkliche Können, die Wirkung der Farbkontraste, die Feinheit der Pigmente. Aber es gruselte ihn: Die Herren und die eine Dame der Wissenschaft, die er im Halbkreis vor sich aufgestellt hatte, schauten ihn anklagend an, als hätte er einen Frevel an ihnen begangen, sie verfälscht, für immer verunstaltet. Es war schon richtig, dass er einst aufgegeben hatte, Menschen zu malen. Sie würden durch die Kunst instrumentalisiert, verwertet, ihrer Eigenheit beraubt. Die Tiere etwa nicht? Eben nicht, sagte sich Hans Weinling. Den Tieren gefiel es, wenn sie aus der Natur in die Kunst überführt wurden. Die Menschen hatten keine Natur, man beförderte sie durch die Kunst nur von einer schäbigen Künstlichkeit in die nächste. Das könnte man gleich sein lassen, es führte zu nichts, man schaffte damit nichts Neues. Er stapelte die Bilder aufeinander und trug sie in den Volvo, um sich ihrer zu entledigen – einer der tragischsten Vorfälle der allerjüngsten Kunstgeschichte.

Hans hatte zuvor sogar ein erotisches Bild geschaffen, mit schnellem, grobem Pinselstrich: Es war eine nackte Frau zu sehen, die sich verspielt in den Schritt griff, sowie ein Mann, der auf dem Boden lag und sie dabei entsetzt beobachtete. Hans war derart entgeistert, als er das in der Tat etwas plump geratene Bild nach einiger Zeit nochmals betrachtete, dass er ernsthaft darüber nachdachte, wie er es in seinem Atelier gefahrlos abfackeln könnte, aber er begnügte sich, wie bei den Gorillas, mit einem Teppichmesser und schnitt es in kleine Stücke.

Er übernachtete mittlerweile fast täglich bei Julia. Sie zog es nicht mehr in seine Atelierwohnung. Das konnte Hans sogar nachvollziehen. Ihm selbst hielt das Atelier sein Versagen so schonungslos vor Augen, dass er froh war, wenn er es am späten Nachmittag verlassen konnte. Er kam zu ihr mit einem Blumenstrauß, mit Supermarkteinkäufen, um etwas zu kochen, einmal mit Pralinen. Er nannte sie »mein Herz«, »mein Püppchen«, »mein Hasi«. Er stellte sich hinter sie, umarmte sie, wenn sie am Herd oder am Fenster stand, mit einem Kuss auf den Nacken. Einmal, als sie gemeinsam kochten, sagte sie unvermittelt, er dürfe nie wieder so grob zu ihren Eltern sein, sie habe sich am Telefon rechtfertigen müssen, ihre Mutter stehe noch immer ganz neben sich. Hans verstand nicht gleich, was sie meinte, richtig, das Abendessen, er entschuldigte sich wortreich. Dann griff er sich an die Stirn, weinte kurz, wischte sich mit dem Handrücken über die Augen, sagte: »Die Zwiebeln.« Julia, die an der Spüle stand und von seinem Gefühlsausbruch nichts mitbekommen hatte, fragte: »Welche Zwiebeln?«

An einem Samstagmorgen stand er mit ganz leerem

Gesichtsausdruck in ihrem Wohnzimmer herum. Wie sonst nur vor seinen Bildern. Was los sei, wollte Julia wissen. Hans blickte sie an, als sei sie irgendein weit entfernter Gegenstand. Sie war sich nicht sicher, ob er sie erkannte, rief laut »Hallo!« und winkte mit der rechten Hand vor seinem reglosen Gesicht. Dann sagte er, jemand habe sich in der Wohnung versteckt, es sei wichtig, dass sie ihn fänden. Hans setzte sich auf das Imitat des Le-Corbusier-Sofas, kippte zur Seite: Er sei müde.

Julia rief Emma an, traf sich mit ihr auf einen Kaffee, erzählte ihr von Hans' Schaffenskrise, davon, dass er abwechselnd rührend und unerträglich sei. Manchmal komme beides zusammen. Während sie ausnahmsweise, dafür sehr bedeutungsvoll eine Zigarette rauchte, sagte Emma: Das gebe sich. Schwierige Phase. Künstler eben. Sie habe immer gefunden, sie seien das ideale Paar: »Einfach perfekt.« Sie strahlte die Freundin aufmunternd an. Julia lächelte zögernd zurück.

Als sie nach Hause kam, saß Hans am Küchentisch. Er hatte für sie etwas gekauft, ein in grünes Geschenkpapier gewickeltes kleines Kästchen. Sie küsste ihn auf die Wange, machte das Präsent auf. Nachdem sie es ausprobiert hatte, roch es kurz darauf sehr intensiv in der Küche. Ein Parfum, eine Spur zu mächtig für ihren Geschmack, ziemlich süßlich. Er breitete jetzt mit geschlossenen Augen die Arme aus. Sie beugte sich zu ihm. Er griff mit beiden Händen an ihre Hüften, tastete sich mit den Fingern unter ihrer Bluse nach oben voran. Jetzt klingelte ihr Handy. Sie sagte, da müsse sie rangehen.

Zwei Tage später trat Julia, sie war mit ihren beiden Kolleginnen noch im Kino gewesen, in die Küche. Hans kniete auf dem Fußboden und beförderte Scherben auf ein Kehrblech. Offenbar hatte er randaliert. Mehrere Gläser und Tassen waren zu Bruch gegangen, auch ein Teller. Es schien Julia unpassend, empört zu reagieren. Sie ging in die Hocke und fuhr ihm durchs Haar. Er sagte, jemand sei in der Wohnung gewesen. Sie nickte, sah ihn mitleidig an. Dann nahm sie seine Hand, brachte ihn ins Bett und schlief mit ihm.

Als sie am nächsten Morgen aus dem Schlafzimmer trat, war Hans bereits wach. Er stand nackt im Flur, hatte seine rechte Hand in die Hüfte gestemmt und den Kopf anmutig angehoben. Mit seinem durchtrainierten Körper glich er einer antiken Statue. »Was ist?«, fragte Julia, noch schlaftrunken. Er antwortete nicht. Mit hochgezogener Augenbraue eilte sie an ihm vorbei ins Bad.

Am späten Nachmittag, sie kam von der Arbeit, war er noch oder wieder da, saß in der Küche und schnitt eine Zucchini, in der Pfanne brutzelten Frikadellen. Sie habe schon gegessen, sagte sie. Er müsse nicht jeden Tag kochen. Hans nahm in die eine Hand die Schale geschnittener Zucchini, in die andere die Pfanne und ließ das Essen in den Mülleimer gleiten. Nein, müsse er nicht, sagte er.

Julia hasste Beziehungsgespräche, sie führten zu nichts. Schon deshalb nicht, weil ihre sensiblen Beobachtungen kaum zu erklären waren. Die Männer kapierten sie einfach nicht. Man war mit ihnen zusammen oder man trennte sich. Wie hätte sie Sebastian erklären können, dass sie sowohl seine unterwürfige Fürsorge als auch seine Versuche, diese abzulegen, störten? Dass es kein Widerspruch sei, wenn man sowohl das eine als auch das andere verachtete? Er hätte sie nur fragend angeschaut. Was jedoch die Probleme mit Hans betraf, so bedurfte es längst keiner besonderen Empfindlichkeit mehr, um zu sehen, dass einiges in Unordnung geraten war. Weshalb sie schließlich sagte: »Was ist eigentlich mit dir los?«

Hans wich ihrem Blick aus, fragte: »Wieso?«

»Du weißt genau, was ich meine.«

Hans schwieg.

»Wegen der einen blöden Nacht?«, fragte Julia. »Immer noch? Echt? Es geht ihm längst wieder gut. Hat mir Emma erzählt.«

»Wem?«, fragte Hans irritiert.

»Sebastian«, sagte Julia.

»Nicht die blöde Nacht«, sagte Hans. »Jedenfalls nicht allein die blöde Nacht. Sie war nur der Auslöser.«

Sie schlug jetzt mit der Faust auf den Tisch: »Der Auslöser wofür?« Er solle den Mund aufmachen, sie habe heute noch etwas vor.

Hans sagte, er sei so müde, ob er sich kurz hinlegen dürfe.

Ob sie eine Pause machen könnten, fragte Julia.

Klar, sagte Hans, wie gesagt, er sei müde.

»Nein«, sagte Julia. »Eine richtige Pause. Eine längere.«

Hans wusste nicht, was sie meinte, fragte: »Was ist eigentlich mit dir los?«, stand auf und war schon auf dem Weg ins Schlafzimmer, als Julia ihn einholte und am Arm ergriff. »Nicht jetzt«, sagte Hans grinsend, ihm sei nicht danach. Sie zeigte auf die Wohnungstür.

Zwei Tage später befand er sich in Augsburg bei seiner Tante, die sogleich wusste, was geschehen war, ihm das Gästezimmer herrichtete und keine Fragen stellte. Am dritten Tag kam die Grippe, sie hatte sich mit einem heftigen Niesen angekündigt, es folgten hohes Fieber mit Schüttelfrost und ein besonders hässlicher Husten.

In der Nacht die Phantasien: der berühmte Ochse, wie dieser auf ihn zulief, mit ungeheurer Geschwindigkeit. Hans stand auf einer Wiese, wollte weglaufen, aber seine Beine gehorchten ihm nicht. Das Tier senkte im Lauf den Kopf, die Hörner waren auf Hans' Brust gerichtet. Er erwachte mit einem Schrei.

Dann die Lemuren, einer spielte an seinem Ohr, der andere knabberte an seinem Zeigefinger, ein dritter biss ihm mit Hinterlist in die Wade. Die Eichhörnchen waren netter. Sie sprangen nur ein bisschen auf seiner Brust herum, öffneten Haselnüsse und zogen ihn, aber nur aus Spaß, an der Nase. Als er aufwachte, hatten sie sich bereits versteckt. Hans wischte missgelaunt die Nussschalen von der Bettdecke, dem Bettlaken und von seinem Pyjama, murmelte: »So eine Sauerei!«, und schlief wieder ein. Er sah das Meer, stürmische Wolken, hohen Wellengang. Aus dem Wasser ragte eine Kinderhand, kurz war der blonde Schopf des Jungen zu sehen und ein Mund, der nach Luft schnappte. Dann nichts als das Meer.

Zehn Tage später war er so weit genesen, einen Spaziergang durch den Augsburger Hofgarten zu wagen. Er bewunderte die barocken Zwerge aus Sandstein, die den Kiesweg säumten. Als Kind hatte er sich vor ihnen ein bisschen gefürchtet. Man sollte sie in ein Museum stellen, sagte Eva, sie verwitterten langsam. »Sollen sie doch«, sagte Hans. Am nächsten Tag verabschiedete er sich von ihr mit einem großen Blumenstrauß.

Im Atelier dachte er nicht mehr über das Malen nach, er malte. Diesmal einen Hund, einen schwarz-weiß gefleckten Großen Münsterländer. Er saß sehr ruhig auf dem Sand, aber man ahnte, dass er sich aufrichten würde, sobald er Beute witterte. Der Himmel war still und fahl. Das matte Blau ging fast nahtlos ins Meer über, das Meer fast nahtlos in den gelblichen Sand. Er trat zwei Schritte zurück, betrachtete das Bild völlig gedankenverloren. Nach einigen Minuten wusste er, dass etwas fehlte. Er trat wieder ans Bild, malte noch zwei Spuren in den Sand, wie von einem Holzwagen.

Hans betrachtete das Bild noch lange an diesem Tag, aus allen möglichen Perspektiven. Später bereute er es, das Bild verkauft zu haben. Heute hängt es im Kunstmuseum Basel, es gibt Postkarten davon, billige Kunstdrucke, sogar einen Schlüsselanhänger mit dem berühmten Hundemotiv.

Julia versuchte ihn ab und an zu erreichen. Sie sprach nie auf die Mailbox, aber er sah ihre Anrufe auf dem

Display seines Handys. Eines Tages, Hans malte gerade einen Maulwurf, der den Kopf aus dem Sand streckte, war sie sehr beharrlich. Es läutete mit nur kurzen Unterbrechungen immer weiter, und es hörte nicht mehr auf.

16

Emma drehte sich um, küsste ihn mit geschlossenen Augen auf den Hals und sagte: »Du böser Junge!« Per erwachte mit einem Grunzen, schob sie einigermaßen sanft von sich und blickte auf den Wecker. Es war acht, gegen zehn musste er zur Morgenkonferenz seines an Auflagenschwund leidenden Boulevardmagazins im Büro sein. Für einen Moment überlegte er, sich krankzumelden, doch hatte er sich erst letzte Woche für zwei Tage krankgemeldet. Szenen des vorigen Abends gingen ihm durch den Kopf. Emma war kurzentschlossen mit zwei Rotweinflaschen vorbeigekommen, da ihr Mann mit der Tochter einen Wochenendausflug unternommen hatte. Eins war, wie immer, zum anderen gekommen. Für gewöhnlich trafen sie sich ab und an in der Mittagspause im Ibis-Hotel. Andere joggten. Sie kannte wenige, eigentlich, wenn er es recht bedachte, keine Tabus. Eine so kostbare Affäre. Jetzt küsste er sie kurz auf den schönen, nur etwas zu breiten Rücken. Sie winkelte ein Bein an.

Der Kater war so schlimm nicht. Sein Smartphone klingelte, die Weckfunktion, er schaltete sie mit umständlicher Tipperei auf dem Display aus. Eine halbe Stunde hatte er noch, aber da ihm bewusst wurde, dass an Einschlafen nicht mehr zu denken war, setzte er sich mit einem jähen Ruck auf und wollte gerade aufstehen, als Emma ihre Arme um seinen Bauch legte und ihn zu sich zog. Sie hatte eine solche Kraft! Er war jedes Mal aufs Neue überrascht. Jetzt strich er ihr, er hatte ja keine Wahl, durch die roten Locken, knabberte an ihrem Ohrläppchen und flüsterte ihr etwas Unanständiges zu. Sie hauchte: »Du Tier!«

Eine halbe Stunde später stand Per vor dem Badezimmerspiegel. So schlecht sah er nicht aus angesichts einer kurzen Nacht, dachte er ziemlich überrascht. Wenn er die Wangen ein wenig einzog, den Brustkorb anspannte und dann noch auf nachdenkliche Weise lächelte, würde man ihn mit gutem Willen auf 40 schätzen, vielleicht auf Ende 30.

Per Heisig war Ende 30, aber als trinkfester Raucher wäre, dachte er sich, doch eine ungünstigere Entwicklung zu erwarten gewesen. Etwas Übergewicht, okay, aber sehr volles blondes Haar, weiß Gott keine Selbstverständlichkeit. Er stieg jetzt mit größtem Elan unter die Dusche und befand sich bereits eine Dreiviertelstunde später in der Redaktion seines Boulevardmagazins. Zu diesem Zeitpunkt war Emma in einen sehr tiefen und zufriedenen, die Strapazen der Nacht auskurierenden Schlaf gefallen.

Pers Ressortleiter, der in zwei Jahren in Pension gehen würde, gehörte einer Generation von Vorgesetzten an, für die väterliche Bevormundung und ein guter Schuss Terror deutlich zielführender schienen als jedes noch so gute Argument. Er hatte noch Romy Schneider persönlich gekannt, angeblich existierte sogar ein Briefwechsel. Er hatte einmal die gesamte Redaktion auf seine geräumige Terrasse eingeladen und von seinen Romy-Schneider-Briefen wie von einer allseits bekannten Tatsache erzählt, aus Pers Sicht der Gipfel des Hochmuts. Er empfand es als übertrieben, dass sein Chef drei Kinder aus drei verschiedenen Beziehungen hatte – es schien Per, als habe er dieses virile und gewiss kostspielige Durcheinander ganz bewusst herbeigeführt, um hinterher über seine Umtriebigkeit klagen zu können. Er verachtete ihn nicht dafür, dass er mit seiner langjährigen Sekretärin (was in seiner Generation eine Art Selbstverständlichkeit war) eine Affäre hatte, sondern dafür, dass er zu faul oder zu eitel war, um diese vor den Angestellten zu verbergen.

Dieser Bürotag begann nicht gut. Obgleich die Zeit drängte, allerlei redigiert und geschrieben werden musste, setzte sein Chef in der Konferenz zu einer launigen Ansprache an, die kein Ende nahm. Die Spesen, sagte er, hätten das Budget gesprengt, die Chefredaktion habe ihn zum Sparen ermahnt, er werde, wenn nicht weniger ausgegeben werde im Ressort, gezwungen sein müssen, Zugfahrten erster Klasse zu verbieten. Noch könne man solche Freudlosigkeiten vermeiden, die Bitte an alle: ein klein wenig mehr Disziplin! Er klatschte daraufhin kurz in die Hände, strich sich während einer Kunstpause über den mächtigen, hervorgestreckten Bauch und sagte jetzt eine Spur leiser: Nein, früher sei nicht alles besser gewesen. Wieder eine Kunstpause, er blickte eine Spur zu lange auf eine Kollegin, die im Ressort für Wohnen und Stil zuständig war. Wenn die Haushaltslage früher angespannt gewesen sei, habe er, fuhr er fort, schon auch mal den eigenen Wagen genommen, um an die Côte d'Azur zu gelangen, in den frühen 80ern sei das gewesen, 1500 Kilometer, für ein einziges Abendessen bei Michel Piccoli, der ihm übrigens vor einer Woche erst eine hinreißende Postkarte geschrieben habe. Sie sei nicht leicht zu entschlüsseln, ein alter Mann. Er reichte sie dann, Heisig hatte es geahnt, herum. Die Kollegin, die für Wohnen und Stil zuständig war, las sie mehrmals nickend durch und lächelte den Alten mit einem koketten Bewunderungsblick an. Die anderen sieben Kollegen, darunter zwei junge, noch unerfahrene Frauen, schienen in dem kleinen Konferenzraum über die Postkarteneinlage gleichfalls begeistert, jedenfalls machte sich jeder an die Entschlüsselung der tatsächlich kaum lesbaren, mit allerlei Schnörkeln versehenen Handschrift Piccolis. So Per Heisig, der nach dem hoffnungslosen Lektüreversuch laut genug »Großartig!« sagte.

Per konnte es nicht fassen, dass sich dieser aus der Zeit gefallene Mann mit seinen verstorbenen oder fast verstorbenen Berühmtheiten, die unter 40 kaum jemand kannte, auf dieser Position halten konnte. Ja, sah denn niemand, dass nur er allein, er, Per Heisig, diesem Ressort einen Hauch von Gegenwart verlieh? Dass er all die jüngeren Stars und Sternchen ins Blatt brachte, vor allem aber wichtige Internetphänomene aufspürte und thematisierte, für die der Alte keinen Sinn hatte: den kleinen Jungen, der es mit seiner Luftgitarrennummer auf Hunderttausende von Klicks brachte, die Schlager singende, uralte Nonne aus Sizilien, den süßen Windhundwelpen aus Arizona, der im Netz einen Kopfstand aufführte, was selbst Zoologen verwunderte, und so weiter.

Man konnte Pers Chef nicht absprechen, dass er recht gut schrieb. Die Reportagen und Porträts gingen ihm leicht von der Hand, er verfasste sie mit einer Selbstverständlichkeit, die einem physiologischen Vorgang glich. Alle zwei Monate blätterte er durch sein Adressbuch, überlegte, wen er einmal wieder treffen könnte, reiste dann für eine Woche nach Paris, New York oder an die amerikanische Westküste, schloss sich am ersten Tag nach seiner Rückkehr in sein geräumiges Arbeitszimmer ein, trat bereits fünf Stunden später mit einem leisen Pfeifen eines Evergreens (häufig »Fly me to the moon«) und ohne die geringste Spur einer Erschöpfung auf den Redaktionsflur, obgleich er eine lange Geschichte von passabler Qualität über eine nicht mehr sonderlich rege, aber zweifellos legendäre Berühmtheit erstellt hatte. Diese zur Schau gestellte Mühelosigkeit bedrückte Per, der, sobald er selbst etwas Längeres unter

Zeitnot abgefasst hatte, sein Zimmer stets im Zustand äußerster, an Verwirrtheit grenzender Erschöpfung verließ.

Per beantwortete an diesem Morgen unzählige, in beleidigtem Tonfall abgefasste E-Mails: an Autoren, die sich über ein zu niedriges Honorar beklagten; an Pressesprecherinnen, die ihm ein Interview mit einem heruntergekommenen Star andrehen wollten; an einen Kollegen, der meinte, er hätte ihn in der Konferenz abschätzig angeguckt. Die einzige erfreuliche Nachricht, die er in seinem Postfach fand, war eine Mail seines alten Freundes Sebastian, der Pers Manuskript mit knappen Worten lobte.

Per Heisig war aufgeregt wegen seines Romans. Seit über drei Jahren hatte er mehr oder weniger heimlich im Büro an einem Buch geschrieben, das in kurzen Episoden das Liebesleben unserer Zeit charakterisieren sollte. Er hatte Sebastian eine allererste Fassung geschickt, da hier und da die Wirren seines Bekanntenkreises eingeflossen waren und somit auch die seines Freundes. Man habe doch kein anderes Anschauungsmaterial, sagte er sich, als sein Umfeld, man könne sich ja schlecht eine Geschichte einfach ausdenken. Allerdings schätzte er das Maß an Empfindlichkeitsbereitschaft in seinem Freundeskreis als sehr hoch ein. Umso mehr hatte Per Sebastians E-Mail beruhigt. Er hatte befürchtet, dass bereits die Tatsache, dass er einen Roman geschrieben hatte, zudem einen so guten, den Neid des Freundes provozieren könnte. Stattdessen Lob und Anerkennung, wenngleich in recht verhaltenen Formulierungen. Nicht alle hatten einen schlechten Charakter.

Wochen später hatte sich Sebastian dann überraschenderweise doch noch beschwert, aber, wie Per schien, eher scherzhaft. Sie hatten in der No-Bar am Tresen gesessen. Sebastian war anfangs in ziemlich aufgeräumter Stimmung. Er hatte ein paar Tage in Paris verbracht und dort eine Frau kennengelernt. Sebastian erzählte Per verschämt von einer kurzen, aber heftigen Romanze. Wie er Charlotte – manchmal sei das Leben so einfach – in einem Café einfach angesprochen hatte, mit einem Satz über das Wetter. Eins sei zum anderen gekommen. Zuerst die Einkäufe im Marais in den kleinen Klamottenläden, das scherzhafte Vorführen neuer Kleidung, sobald einer von beiden aus der Umkleidekabine trat. Der Spaziergang am Ufer des Canal Saint-Martin, wo man beim Betrachten einiger Enten vollständig die Zeit vergaß. Schließlich der Abend in Montparnasse mit ihren beiden Freundinnen, einer Polin und einer Spanierin, die sich aber voller Takt recht bald zurückgezogen hatten.

Sebastian, von seinen Erinnerungen sichtlich in gute Laune versetzt, empfand es, je länger der Abend wurde, nicht mehr als kränkend, in Pers Buch verewigt zu sein. Er fragte nur, ob er sein Alter Ego etwas weniger jämmerlich präsentieren könne, er müsse selbstbewusster darin vorkommen, eigenwilliger, abgründiger. Per sagte, die Paris-Episode sei doch schon ein guter Anfang. Vielleicht zu nah dran an der Wirklichkeit … Das mache nichts, sagte Sebastian rasch.

Es war zwei Uhr morgens gewesen, man trank schließlich Liköre, verfluchte gemeinsam Julia, die sich mit dem Künstler zusammengetan hatte, und beschloss, dass sich Sebastian das nicht bieten lassen dürfe. Er würde diesen Tiermaler sprechen müssen. »Sprechen?«, fragte Per. »Hau ihm lieber ein paar aufs Maul!« Er lallte. Sebastian nickte. »War ein Scherz!«, sagte Per schnell. Doch Sebastian war nicht mehr aufzuhalten, drückte seinem Freund eilig einen Geldschein in die Hand und eilte aus der Bar.

Später steuerte Sebastian noch einige weitere Erlebnisse bei, nicht immer, aber oft in der Hoffnung, das Werk des Freundes zu beeinflussen: Er erzählte vom Dauerstress im Architekturbüro, wie er sich aber mit den Spinden aus Erlenholz gegen seine Kollegin durchgesetzt habe. Schließlich die bedeutende Auszeichnung. An sich wenig schmeichelhaft war das Randalieren in Julias Wohnung, das Aufeinandertreffen mit ihrem neuen Freund, der Bänderriss. Aber wenn man nur lange genug darüber nachdachte, konnte man auch diese Episode in ein mildes Licht stellen: Sein Stolz war nun einmal gekränkt worden. Schließlich die Wahlverwandtschaft zu Kerst: auf welche Weise Sebastian diesen so sanften, intellektuellen Herrn kennengelernt hatte. Den kenne er, hatte Per ganz verblüfft gesagt, den habe er mal auf einem Verlagsempfang getroffen.

Manche der Anekdoten hatte Per bereits von Emma gehört. Sie unterschieden sich in Details deutlich. Per aber war lebenserfahren genug, um zu wissen, dass Erinnerungen nie mit tatsächlichen Ereignissen übereinstimmen, dass alle immer munter etwas dazuerfanden oder wegließen. Das machte aber nichts. Die Erlebnisse seiner Freunde und Bekannten durften ohnehin nicht mit dem Romangeschehen identisch sein. Pers Protagonisten trugen schließlich auch ganz andere Namen.

An einem späten Vormittag war Pers Chef mit unanständig guter Laune aus Paris zurückgekehrt. Er hatte Michelle Pfeiffer und Juliette Binoche, jede für sich schon ein Großereignis, zu einem Doppelinterview getroffen. Im Gespräch mit den Schauspielerinnen hatte er, halb im Scherz, die etwas dunkle Frage aufgeworfen, wie viel Künstlichkeit natürliche Schönheit verkrafte. Binoche und Pfeiffer waren sich nicht einer Meinung gewesen, es war persönlich geworden. Ein Glücksfall. Das Interview wurde allerorts zitiert, im Netz war sogar eine kleine feministische Debatte darüber entbrannt, ob die Frage nach weiblicher Schönheit überhaupt noch zeitgemäß und wann endlich das Zeitalter des alten, weißen, heterosexuellen Mannes überwunden sei.

Dem Alten wurde von vielen Kollegen auf die Schulter geklopft oder scherzhaft in den Bauch gekniffen. Von der Chefredaktion gab es eine Flasche Rotwein, in anderen Magazinen und Zeitungen erschienen kleine Glossen, die sich über das Interview lustig machten. Per bekämpfte in der Woche seinen Neid mit gleich mehreren ausgedehnten, ganz besonders stürmischen Mittagspausen im Ibis-Hotel. Bald würde sein Buch erscheinen. Dann würde er es dem Alten, ach was, der ganzen Welt würde er es zeigen.

17

Julias Vater riet zur Klage. So was dürfe man sich nicht bieten lassen. Er habe, das sei doch in ihrem Sinne, bereits mit seinem alten Anwalt gesprochen. Der werde sich das Buch auch besorgen. Eine Frechheit sei das. Sie könne sich denken, wie es ihrer Mutter gehe. Nein, er könne sie nicht ans Telefon holen. Sie habe Migräne, liege im Bett, die Aufregung. In was für ein Milieu seine Tochter nur geraten sei. Dann legte er auf.

Julia versuchte, Hans zu erreichen, er war seit Wochen nicht ans Telefon gegangen. Sie hatte auf einer Pause bestanden, aber keinesfalls darauf, dass sie ihm nun erfolglos hinterhertelefonieren musste. Wieder nur das Freizeichen. Dieser Mann war ein Ärgernis.

Auf dem Cover des Buches war ein Kater abgebildet, der eine Pfote neugierig ins Meer tauchte. Es sah aus wie die schlechte Karikatur eines Bildes von Hans Weinling. Das Buch hieß *Der Verrat.* Die Kritiken waren weder positiv noch negativ. Sie handelten fast ausschließlich davon, ob es in einem Roman erlaubt sei, von intimen

Details aus dem Liebesleben identifizierbarer Personen zu erzählen. Den Anfang machte ein großes Wochenmagazin, das in einem mittelgroßen Artikel von dem hässlichsten Kulturereignis des Jahres sprach: Die Persönlichkeitsrechte von Hans Weinling, dem, neben Felix von Hartz, wohl bedeutendsten Künstler seiner Generation, seien verletzt worden. Niemanden gehe es etwas an, wie und mit wem Hans Weinling Sex habe. Niemand müsse wissen, dass seine neue Lebensgefährtin die Tochter eines bedeutenden Unternehmers sei. Niemand, dass er sie mit seiner Tante, der berühmten Kunsthistorikerin Eva Hersohn, betrüge. Schließlich auch niemand, dass er doch nicht homosexuell sei, wie immer vermutet worden sei, und so weiter.

Der schwungvolle Artikel provozierte die nicht minder schwungvolle Replik einer großen Tageszeitung, in der die Freiheit der Kunst vehement verteidigt wurde. Es gehe nicht an, dass zur Zensur aufgerufen werde, bloß weil sich in einem Roman ein paar Bezüge zur Wirklichkeit konstruieren ließen. Mit solchen irregeleiteten Maßstäben hätten weder Flauberts *Madame Bovary* noch Thomas Manns *Zauberberg* erscheinen dürfen. Woher denn der Autor im Wochenmagazin so genau wisse, dass der Künstler im Buch mit dem Künstler Hans Weinling identisch sei? Gewiss sei es auffällig, dass er ausschließlich Tiere am Strand male. Aber es sei ungeheuerlich, dass Hans Weinling im Wochenmagazin mit moralischer Überheblichkeit verteidigt werde, nur damit man über Intimitäten aus seinem Leben räsonieren könne. Es sei Kennzeichen der größten Heuchelei, genau das anzurichten, was man anklage. Der Skandal sei der Artikel, nicht das Werk.

Eine weitere Zeitung setzte einen anderen, juristischen Akzent. Was in einem Roman dargestellt sei, berühre die Wirklichkeit lediglich vermittelt. Allerdings müssten Persönlichkeitsrechte gegen die Kunstfreiheit abgewogen werden. Dann wurden die berühmtesten Streitfälle der Literaturgeschichte aufgelistet, wie sie ausgegangen seien, wie die Gerichte entschieden hätten und so weiter.

Per hatte nicht damit gerechnet, dass sein Buch auf diese Weise Furore machen würde. Zuerst, als der hässliche Angriff im großen Wochenmagazin erschien, hatte er zwei schlaflose Nächte. Wie das ausgehen würde! Es war nicht steuerbar. Sein Chef, der Per auf unreflektiert-väterliche Weise mochte, lächelte ihn im Büro mitleidig an, sagte in der Konferenz: Das könne jedem mal passieren. Dann aber, als sich eine regelrechte Literaturdebatte entfaltete und völlig unklar war, wie das Werk zu bewerten sei, hob sich Pers Laune merklich. Er wusste, dass die Aufregung vollkommen zweckfrei war, dass es nicht darum ging, eine Angelegenheit zu klären, sondern nur darum, Aufmerksamkeit zu erzeugen.

Das Buch wurde tatsächlich ein Bestseller, ganze drei Wochen hielt es sich auf Platz 17. Die Zeit allergrößter Feierlaune. Emma unterstellte Per große Klugheit, die Fähigkeit zum kalkulierten Skandal. Er widersprach nicht. Sie kam ins Ibis-Hotel mit Champagner.

Der Korken knallte an die Decke, Per goss ein. Sie sagte, man würde ihr am Ende böse sein. Die ganzen Details. Per sagte, das komme nie raus, die Quelle sei versiegelt. Wieso? Dass sie einander kannten, wisse jeder, sagte Emma. Aber doch nicht, wie genau, erwiderte Per. Er goss aus seinem Glas jetzt etwas Champagner in ihren Bauchnabel, stopfte mit der Neugierde eines Naturwissenschaftlers seinen Zeigefinger hinein. Sie lachte laut auf.

Hans war schließlich drangegangen. Julia hatte acht Mal hintereinander angerufen. »Was ist?«, fragte er zur Begrüßung. Ja, er habe davon erfahren, irgendwo habe etwas im Netz gestanden, dieses Buch. Er komme darin vor. Sie auch. Na ja. Er überlegte gerade, ob der Rüssel des Maulwurfs ihm zu rot geraten sei. Die langen Krallen waren wichtig, sie müssten sich vom Sand glänzend abheben.

Er hatte einen Moment nicht zugehört. »Wo genau ist das Problem?«, fragte er, da Julia aufgeregt klang. Dann: Ob er zurückrufen dürfe. Es gehe gerade nicht. Er legte auf. Jetzt war es ihm aufgefallen: Eine der Wolken musste deutlich größer werden, dass er das nicht früher gesehen hatte.

Julia saß auf dem Imitat des Le-Corbusier-Sofas, sie glaubte für einen Moment nicht, dass Hans tatsächlich aufgelegt hatte, blickte das Handy ratlos an. Das hatte sie Sebastian zu verdanken. Seine Rache. Dieser Vollidiot. Und das Schwein, dieser fette Journalist. Sebastian war in dem Roman natürlich gut weggekommen, ein bisschen unsicher, das ständige Kratzen an der Stirn, aber doch sympathisch. Sie war natürlich die Tochter aus gutem Hause, ein kalter Fisch, das Kind einer hochnäsigen Unternehmerfamilie, wie in einem schlechten »Tatort«. Und dann das Ende: wie sie mit dem lächerlichen Maler schließlich glücklich wird. Satirischer Klamauk. Wie er sowohl seine Schaffens- als auch die Beziehungskrise überwindet, indem er von nun an ausschließlich Aktbilder von ihr malt. Und nie wieder Tiere.

Kerst hatte Sebastian, als er ihn an diesem Abend besuchte, zunächst trösten müssen. Seine Exfreundin habe ihn angerufen. Mit den schlimmsten Vorwürfen. Er habe sich durch seine Indiskretionen bloß an ihr rächen wollen. Ob er das denn nicht gewollt habe, fragte Kerst verwundert. »Nein!«, sagte Sebastian. Darauf Kerst: Er solle sich einbilden, er hätte sich rächen wollen. Das sei gesünder und entschiedener. Kopf hoch! Kersts Handy klingelte, es war Helene. Er rollte mit den Augen. Er würde in den nächsten Tagen zurückrufen müssen.

Die Briefe von Wetzlar an Wolfgang Koeppen seien von besonderer Eleganz, sagte kurz darauf Kerst. Er las Sebastian einige aphoristische Passagen vor: »Das Laster wie das Glück reizen alle. Nie reizt das Unglück.« Und: »Nichts ist dem Tod verwandter als das Lachen. Beides führt in die Trauer.« Und: »Die Adoption ist würdiger als die Geburt.« Und: »Nur Böses ist unmittelbar wahr. Hinter allem Guten wittern wir Verstellung.« Sebastian nickte. Kerst nickte ebenfalls. Er hatte seit langer Zeit nicht mehr mit jemandem gesprochen, der seinen Geschmack so vorbehaltlos teilte.

Wetzlar habe, erzählte Kerst, alle seine Briefe, bevor er sie abschickte, von seiner Haushälterin abschreiben lassen. Ein Glück sondergleichen, die Empfänger hätten sie so gut wie alle weggeschmissen oder verbrannt, natürlich aus Neid. Das habe Wetzlar geahnt. Wenn sie erschienen, im nächsten Frühjahr sei es so weit, werde die Weltliteratur schlagartig um ein Werk reicher.

Wie er an die Briefe gelangt sei, wollte Sebastian wissen. Kerst erzählte, wie es zwei Tage nach Wetzlars Tod beharrlich an seiner Haustür geklingelt habe. Wie Wetzlars steinalte Haushälterin an seiner Türschwelle mit einer Plastiktüte gestanden, ihm diese mit zitternder Hand überreicht und gesagt habe, dies sei Wetzlars letzter Wille gewesen, er wünsche sie zu seinem 100. Geburtstag veröffentlicht. Kerst habe sie noch zu sich hineingebeten, aber die Alte habe nur streng den Zeigefinger gehoben, ihn an die rissigen Lippen geführt und sich abgewandt.

Sebastian hörte, wie jemand in Kersts Wohnzimmer mit einem lauten Stöhnen das Fenster öffnete. Wer denn da sei, wollte er wissen. Niemand, Sebastian habe sich verhört, sagte Kerst rasch, erblasste und lenkte das Gespräch wieder auf die Briefe.

Während Julia mit ihrem Vater telefonierte, spazierte Eva mit Fernández durch den Augsburger Hofgarten. Er stand für einen Moment sehr gestreckt, als habe er ein

Hohlkreuz, betrachtete die Zwerge aus Sandstein und erzählte mit Feuer von der barocken Vorliebe für alles Kleinwüchsige, auch in einem Kellerraum des Escorial habe er, es müsse schon vor fünf Jahren gewesen sein, zwei Skelette eines winzigen Menschenpaares gefunden. Die beiden hätten … Er besann sich, das würde die Stimmung eintrüben, er hakte sich bei Eva ein und sagte, er werde noch wunderlich.

Er war am Vortag mit zwei ungeheuer großen Koffern voller Bildbände angereist, um in den zwei Wochen seines Aufenthalts nebenher einen kleinen Aufsatz über Francisco Rizi zu schreiben. Er war von der Idee partout nicht abzubringen, dass die frevelhafte Madonna, die er auf dem Speicher eines Seitenflügels des Escorial gefunden hatte, von Rizi gemalt worden sei – mittlerweile weiß man übrigens, dass er recht hatte, die These wurde aber zunächst ziemlich angezweifelt. Wenngleich nicht mehr von Eva, der Fernández nach ihrem Aufenthalt eine äußerst lange E-Mail mit den Ergebnissen seiner in Auftrag gegebenen materialtechnischen Untersuchungen geschickt hatte. Kurz war darin sein eigentliches Anliegen ausgefallen: Er wolle für eine Weile zu ihr kommen, um zu ermessen, ob sie wirklich zueinanderpassten. Er würde nicht stören. Eva wehrte sein Anliegen nicht ab.

Fernández war am Morgen, wenige Stunden vor dem Spaziergang, nicht davon abzubringen gewesen, etwas im Garten zu arbeiten, die Leidenschaft seiner frühen Jahre, er wolle sich nützlich machen. Eine halbe Stunde später trat er humpelnd und mit einer kleinen Platzwunde am Hinterkopf wieder ins Haus. Er sei über einen Wasserschlauch gestolpert, sagte er, steuerte das Bad an und beteuerte, er benötige keine Hilfe. Eva las derweil mit allen Anzeichen der Empörung den Magazinbeitrag über das Buch des Journalisten und rief Hans besorgt an. Sie fürchtete, seine Krise könnte durch diesen ungeheuren Vorgang wieder aufbrechen. Aber er malte an einem Maulwurf und war durch »solche Kleinigkeiten« einfach nicht aus der Ruhe zu bringen. Eva war sich nicht sicher, wie sie seine Reaktion beurteilen sollte, denn er schien wieder ganz im Einklang mit sich selbst zu sein. Er war ein Kunstwerk ganz im Sinne eines Restaurators, homogen, ohne Unebenheiten, aber das schien ihr eine zu naheliegende, von Fernández befeuerte Deutung, der sie schließlich misstraute.

Fernández sagte am Flughafen, man würde sich in drei Wochen in Madrid wiedersehen. Eva sagte, in einem Film müsste sie wehmütig sagen, das ginge nicht, alles habe seine Zeit. Und ihn dann traurig anschauen. Fernández sagte, er sei froh, dass sie in der Wirklichkeit lebten.

Während Julia mit ihrem Vater telefonierte, trennte sich Mark mit einer lautstarken Szene von Kim, der während Marks Berliner Rekonvaleszenzzeit eine Affäre mit einer gemeinsamen Freundin begonnen hatte. Mark hatte morgens eine verschwitzte Damenbluse in Kims Aktenkoffer gefunden. Der gleich doppelte Charakter des Verrats schien ihm so unanständig, dass er ihn nicht verzeihen konnte. Helene wollte den erstbesten Flug nach London nehmen, um ihrem Sohn beizustehen, doch schlug er ihr Anliegen derart entschieden aus, dass sie das Telefonat mitten im Gespräch beendete. Doch schon wenige Minuten später versuchte sie, ihn noch mehrmals zu erreichen. Sie rief bei Kerst an und sprach ihm auf die Mailbox: Seinem Sohn gehe es nicht gut, er solle sich sofort bei ihm melden. In jedem Fall aber bei ihr.

Zwei Wochen später meldete sich Mark per Skype bei seinem Vater. Kerst sagte, es sei so wunderbar gewesen, dass er ihn besucht habe. Mark sagte, ihm habe es auch gefallen. Kerst fragte, wie es Kim, dem Koreaner gehe. Gut, sagte Mark, der müsse im Moment sehr viel arbeiten. Arbeiten, sagte Kerst, werde überschätzt.

Während Julia mit ihrem Vater telefonierte, übersetzte Charlotte in ihrem Büro einen schwer verständlichen juristischen Text ins Französische, das Thema war recht speziell: eine Überlegung zur Fleischverordnung in Niedersachsen in wettbewerbsrechtlicher Hinsicht. Sie brauchte für jeden Absatz eine Stunde. Der Medienanwalt mit den dichten braunen Locken und den stechend blauen Augen hatte ihr vor zwei Wochen beim Mittagessen ein kleines Geschenk gemacht – eine dünne silberne Halskette. Sie sagte, das könne sie unmöglich annehmen, und schob das kleine, grüne Schmuckkästchen mit einem freundlichen, jedoch bestimmten

Blick von sich. Der Anwalt erhob sich mit einem hässlichen Fluch und ließ das Geschenk einfach liegen. Sie musste die Rechnung übernehmen. Einige Tage später ließ sie bei einem Edelmetallhändler den Wert der Kette bestimmen. »800, ungefähr.« Sie begriff nicht gleich, schaute den alten Mann, der ungewöhnlich dichtes weißes Haar hatte und jetzt hinter der Glaswand von seinem Mikroskop aufsah, stirnrunzelnd an: »800 was?« »800 Euro«, sagte der Mann, »vielleicht etwas mehr.« Als man dem Medienanwalt das Kettchen zwei Tage später per Post zustellte, hielt er Charlotte für geisteskrank und fragte sich, weshalb ihm das nicht früher aufgefallen sei.

Charlotte meldete sich, nachdem sie die Übersetzung auf ihrem Notebook in den Hintergrund geklickt hatte, in ihrem sozialen Netzwerk an und schrieb Sebastian ein zweites Mal: Ob er ihre Nachricht nicht erhalten habe. Es war ihr nicht aus dem Kopf gegangen, was für ein Zufall es doch gewesen war, ihn vor einigen Monaten gleich zweimal in unterschiedlichen Cafés zu treffen. Sie hielt das für Schicksal und es schien ihr mittlerweile doch gegen den natürlichen Lauf der Dinge gerichtet, dass die Geschichte keine Fortsetzung nehmen sollte.

Während Julia mit ihrem Vater telefonierte, sollte Caroline zur Stellvertreterin im Architekturbüro befördert werden. Ihr Chef war in seinem Zimmer aufgestanden und hatte sich, nachdem er ihr sein Angebot unterbreitet hatte, ans Fenster gestellt, während Caroline vor dem blanken Schreibtisch saß, auf dem sich lediglich ein Computer, ein Block und zwei Stifte befanden. Sie schwieg, er drehte sich zu ihr um und fragte mit einem Strahlen: »Was sagst du?« Jetzt trat sie an ihn heran, sagte, man dürfe das so nicht vermengen. Sie strich ihm über die Wange, dafür brauche sie keine Belohnung. »Aber nein!«, sagte er, ein Missverständnis, sie sei einfach die Beste von allen, deshalb.

»Das geht nicht«, sagte sie streng. Die Entschiedenheit von Frauen, dachte er. Er würde das nie verstehen. Männer schlössen Kompromisse, Frauen würden von Prinzipien angetrieben. Eine seltsame Spezies. Vier Monate später, es war zwischenzeitlich zu heftigen Auseinandersetzungen über den Bau einer Augenklinik in Charlottenburg gekommen, letztlich nur Details, zog Caroline nach Basel. Sie verdiente dort das Doppelte, wenngleich die Projekte weniger prestigeträchtig waren.

Während Julia mit ihrem Vater telefonierte, erzählte eine Nachbarin Frau Warncke, dass ihr Sohn der Protagonist in einem Roman sei. Sebastians Mutter berichtete es sogleich ihrem Mann, der sie aber mit einer energischen Handbewegung aus dem Wohnzimmer vertrieb. Er schaute Fußball und ein entscheidender Strafstoß harrte der Ausführung. Sie setzte sich an den Küchentisch. »Mein Löwe«, dachte sie stolz.

Sie bestellte am nächsten Tag zehn Exemplare des Buches und schenkte sie vor allem jenen Freundinnen, mit denen sie eine langjährige Feindschaft auskostete. Ihr

Mann, das Buch in der Hand haltend, sagte mit einem prüfenden Blick auf das Cover, man könne stolz auf den Jungen sein. Frau Warncke sagte, ein Missverständnis witternd, Sebastian selbst habe das Buch nicht geschrieben. Aber er sei da drin.

18

Mehr als ein Jahr war vergangen seit dem kleinen Ausflug, den das Paar zum Küchengeräte-Museum nach Spandau gemacht hatte. Sebastian blätterte an seinem Schreibtisch im Roman von Per Heisig und war sich nun doch nicht so sicher, ob Kersts Rat, sich einfach einzubilden, er habe sich rächen wollen, nicht etwas leichtfertig war. Rache passte einfach nicht zu seinem Charakter. Aber er verstand den Rat seines väterlichen Freundes in genereller Hinsicht: Er müsse selbstbewusster werden, eigenwilliger, abgründiger. Ein bisschen wie im Roman. Im Roman versuchte Julia während der großen Krise mit ihrem Maler Sebastian zurückzuerobern. Eines Abends war sie einfach vorbeigekommen mit zwei Flaschen Rotwein: Sie war stark parfümiert, wahrte aber auf ihre Höhere-Tochter-Art zunächst Distanz. Diese hygienische Vornehmheit, die fast durchsichtige Haut, das streng zum Zopf gebundene blonde Haar – mit ihrem Cocktailkleid und den Pumps ziemlich overdressed. Sie wolle nur mal reden, sie hätten sich lange nicht mehr gesehen. Dann der Sex, von Heisig vielleicht etwas zu ambitioniert dargestellt. Er hatte sich in die Darstellung gewagter Körperhaltungen vorgewagt, sehr perspektivenreich, fast pornographisch. Der Akt vollzog sich auf dem Küchentisch. Die Kamera hielt sozusagen drauf. Sebastian errötete, als er beim Lesen auf die Darstellung seiner physiognomischen Eigenarten stieß. Hier hatte es Heisig eindeutig übertrieben: Sebastian war nun für alle Zeiten der literarische Inbegriff des Kleinbürgers, der den größten Genuss daraus zog, eine Unternehmerstochter »zu nageln« (Heisigs Wendung). Natürlich war es letztlich unklar, dass er es war, der Mann in dem Roman, er trug ja einen anderen Namen. Aber er war es natürlich doch.

Er musste Per die Freundschaft aufkündigen. Das war klar. Andererseits: wie das Paar in diesem Buch nach dem Sex, noch völlig erschöpft und schwer atmend, wieder auf den Stühlen saß. Wie Sebastian sagte, er könne nichts ungeschehen machen. Sie habe ihn verlassen, betrogen, fallen gelassen. Wegen dieses Künstlers. Sie sei halt auf ihn hereingefallen. Das könne er nicht ändern, aber auch nicht verzeihen. Er sei ein einsamer Wolf. Er solle sie mit Tiermetaphern verschonen, sagte Julia. Sebastian schaute zur gegenüberliegenden Wohnung. Kerst reckte den Daumen empor: »Gut gemacht, mein Junge.« Man konnte ihm die Worte von den Lippen ablesen.

Sebastian war letztlich doch der Leidtragende dieser Phantasie. Ein heroischer Charakter, aber klar das Opfer. Julia versöhnte sich am Ende des Buches mit Hans. Er hatte sich entschlossen, sie nackt zu malen. Ausschließlich. Sein Leben lang. Sie würden glücklich werden. Soweit man glücklich werden kann.

Sebastian klappte sein Notebook auf, unregelmäßig schaute er in seinem sozialen Netzwerk nach Neuigkeiten. Die Nachricht von Charlotte: Sie habe ihn zweimal in Paris getroffen. Sie wünsche sich ein drittes Treffen. Sebastian kratzte sich an der Stirn. Sie hatte ihn nochmals angeschrieben, jetzt musste er zurückschreiben, und ihm fiel endlich die richtige Wendung ein: Er wolle sie wiedersehen, und zwar sofort.

Kurz darauf klingelte es an Sebastians Tür. Er hatte nicht vor zu öffnen. Zu den technischen Fortschritten seiner Zeit gehörte es, dass man ein Handy hatte und sich ankündigen konnte. Wenn er selbstbewusster und eigenwilliger werden wollte, dann durch die Einübung von solchen kleinen Entscheidungen. Aber es läutete mit nur kurzen Unterbrechungen weiter, und es hörte nicht mehr auf. Er ahnte, dass es Emma war. Sie würde gleich eine Weinflasche auf den Tisch stellen. Ihm erzählen, wie alle auf den Roman reagierten. Wie verzweifelt Julia sei. Dass sie finde, sie seien das ideale Paar. Einfach perfekt.

Es war Julia. Sie stellte zwei Weinflaschen auf den Küchentisch. Wie ihm das gefalle. Ob dies seiner dreckigen Phantasie entspreche. Sebastian sagte nichts. Ob sie undeutlich spreche, wollte Julia wissen. »Nein, nein«, sagte Sebastian. Er habe das alles doch nicht vorhersehen können.

Ob er endlich loslegen wolle, fragte Julia. Sie hatte sich auf seinen Schoß gesetzt und kniff ihm jetzt mit Wut in die Wange. Bitte sehr, sie sei bereit. Sie knöpfte sich die Bluse auf, rollte theatralisch mit den Augen. Sebastian sagte, sie solle sich beruhigen. Es sei ein Roman, er habe ihn nicht geschrieben und all das nicht gewollt.

Schließlich beruhigte sie sich und saß ihm am Küchentisch gegenüber. Er blickte sie fürsorglich an. Ganz wie in alten Zeiten. Ob er ihr etwas anbieten könne. Einen Tee vielleicht. Sie zeigte auf den Korkenzieher.

Sebastian stellte zwei Weingläser auf den Tisch. Sie sagte, es gehe ihr gut, zum ersten Mal seit vielen Jahren. »Deine Eltern?«, fragte er. »Alles gut«, sagte Julia. Das Buch habe etwas Wirbel gemacht, sie habe ihren Vater mit Mühe von einer Klage abhalten können. Er würde dadurch nur Schlagzeilen erzeugen. Manches müsse man aussitzen, das hatte ihn überzeugt. Ein gutes Argument, sagte Sebastian, vielleicht eine Spur zu doppeldeutig. Julia schüttelte den Kopf. Sie hätte nie gedacht, dass er sich so an ihr rächen würde.

Er habe keine andere Wahl gehabt, sagte Sebastian. Die Sache mit Hans. Er habe sich so verlassen gefühlt. Dann seine verzweifelte Fahrt nach Paris. »Ein voller Erfolg!«, sagte Julia bitter: die Einkaufstour im Marais, die Enten am Canal Saint-Martin, schließlich die Polin und die Spanierin. Ob die Spanierin im Bett wirklich so feurig gewesen sei.

Ja, sagte Sebastian, sie sei tatsächlich sehr feurig gewesen. Dann fiel ihm, vielleicht etwas spät, die Antwort auf all ihre Vorwürfe ein. »Du hast mich doch betrogen«, sagte er. Das sei ein kindischer Vorwurf, sagte Julia. Eins komme zum anderen, irgendjemand betrüge immer, wenn der Wurm drin sei. »Der Wurm«, wiederholte Sebastian. Er solle sie mit Tiermetaphern verschonen, sagte Julia.

Beide lachten. Sie stand jetzt auf, trat zu ihm, sagte: »Komm!« Sebastian gehorchte, nahm ihre Hand. Das Gegenteil von Emma, dachte er währenddessen. Man musste sie selbst auf den Rücken werfen, ihre Arme auf die Matratze drücken. Dann erst entspannte sie sich. Wie früher. »Sich so in meine Wohnung zu schleichen!«, sagte er. Er lag mit einem Lächeln über ihr. »So ein schlimmer Junge!«, sagte sie. Es war ein Zitat.

Am nächsten Morgen wollte sie einkaufen gehen. Die schwarzen, flatternden Kleider in der kleinen Boutique am Kurfürstendamm. Nichts würde sie davon abhalten können. Sie hatte sich gerächt. Mehr konnte sie nicht tun, um dieses Kapitel ein für alle Mal abzuschließen.

Sebastian kannte die Szene aus vielen Filmen. Das morgendliche Greifen nach der Geliebten, doch sie war nicht mehr da. Er setzte sich einen Kaffee auf. Er verbat sich jeden weiteren Gedanken, blickte hinüber in die andere Wohnung. Kerst war noch nicht wach, am Abend aber würde er wieder an Hannes Maria Wetzlar arbeiten. Wie immer. Das tröstete ihn.

Er klappte sein Notebook auf. Charlotte hatte zwei Stunden nach seiner Nachricht geantwortet, mit nur einem Wort: »Ja.« Jetzt musste etwas zurückgeschrieben werden, und zwar sofort. Aber ihm fiel nicht gleich etwas Originelles ein.